如果我能不爱你，那该多好

夏林溪　著

中国出版集团
现代出版社

每一个不懂爱的人，都会遇到一个懂爱的人，然后经历一场撕心裂肺的爱情。不懂爱的人慢慢懂了，懂爱的人，却不敢再爱了。

如此情深，却难以启齿。原来你若真爱一个人，内心酸涩，反而会说不出话来。甜言蜜语，多数说给不相干的人听。

即使在千万人中行走，我也能一眼认出是你。因为别人都是踩着地走路，而你是踩着我的心在走。

认识你越久，越觉得你是我人生行路中一处清喜的水泽。几次相忘于世，总在山穷水尽又悄然相见，算来即是一种不舍。

不要说，离开以后还会想念；不要说，分手以后还是朋友。离开一个地方，风景就不再属于你；错过一个人，那人便与你无关。

在去往幸福的列车上，如果你要提前下车，请别推醒装睡的我，这样我可以沉睡到终点，假装不知道你已经离开。

如果你问喜欢到底是什么感觉，我就会告诉你："是相遇时的刻意躲闪，是交流时的风度翩翩，是离开时习惯性地再看一眼，是期待快点再见……"

我们太年轻，以致都不知道以后的时光，竟然那么长，长得足够让我忘记你，足够让我重新喜欢一个人，就像当初喜欢你那样。

多少人爱你昙花一现的身影，爱你的美貌，以虚伪或真情，唯独一个人，曾爱你朝圣者的心，爱你哀戚的脸上岁月的痕迹。

有时候，你不经意的一句话，会影响我一天的心情。你可能是随便地一说，但我，却是认真地难过了。

回忆这东西若是有气味的话，那就是樟脑的香，甜而稳妥，像记得分明的快乐，甜而怅惘，像忘却了的忧愁。

目录 CONTENTS

| ONE |

世界太大还能遇见你，世界太小还是丢了你

○○○○○○

“为什么每次出门，都要合影？”

“因为我害怕日子一更新，我们就走散了。害怕如果突然失忆，寻人启事都不知道要怎么贴。”

| TWO |

你走了真好，不然总担心你要走

○○○○○○

关心一个人成本太高，须揣着热情，担着失望，耗上时间和精神，是件稳赔不赚的事。爱情，不随便开始，不急着妥协，不介意孤独，比爱你舒服。

| THREE |

谁先爱了，谁就输了

“爱一个人，到底是什么感觉？”
“感觉好像突然有了铠甲，也突然有了软肋。”

| FOUR |

爱那么短，遗忘那么长

○○○○○○○

我可以锁住心，不去爱别人，可为什么却锁不住忧伤？在长长的一生里，为什么欢乐总是乍现就凋落？为什么走得最急的，都是最美的时光？

| FIVE |

总是做着一个很悲伤的美梦，梦见你很爱我

○○○○○○

所有的悲伤，总会留下一丝欢乐的线索；所有的遗憾，总会留下一处完美的角落。我在冰封的深海，找寻希望的缺口，却在午夜惊醒时，蓦然瞥见绝美的月光。

| SIX |

为了遇见你，竟花光了我所有的好运气

○○○○○○

我觉得这个世界美好无比。晴时满树花开，雨天一湖涟漪，阳光席卷城市，微风穿越指间。入夜，每个电台播放的情歌，沿途每条山路铺开的影子，全部是你不经意间写的一字一句，留我年复一年地朗读。这世界是你的遗嘱，而我是唯一的遗物。

前言

FOREWORD

如果我不爱你，我就不会思念你，我就不会嫉妒你身边的异性，我也不会失去自信心和斗志，我更不会痛苦；如果我能够不爱你，那该多好！

我想着各种理由来讨厌你。讨厌你占据我所有思绪，讨厌你我的情绪受你控制，讨厌你不知不觉进入我的领域，连你的模样我也要竭尽全力地忘记。

我应该讨厌你，讨厌那个让我心烦意乱的你。我必须说，我不会爱你。

可是，不管我念与不念你，你都沉淀在我眼里；不管我想与不想你，你都落入我脑海里；不管我喜欢你还是讨厌你，你都深深地埋藏在我心底……如一条湍急的河流在我的心里波涛汹涌，而我，却无法泅渡。

原来，我已无法自拔地爱上了你。

如果，晴天是快乐的理由，你就是我的晴天；如果，阴霾是羞涩的表情，也只因你的存在而值得留恋。

你犹如一阵轻风，吹皱了我的心湖，留下平平仄仄的波纹让我独自抚慰；你是一缕淡雅的幽香，留下淡淡的余香让我沉醉；你是一段悠扬的乐曲，余音依然在我耳畔萦绕……

如果能够不爱你，那该多好！情到深处是孤独，爱到深处是寂寞。在爱你的空间里，喜欢你却卑微得不敢承认。

无法张扬的情感，却在你面前故作勇敢，我说我刀枪不入，我说我百毒不侵！

只是每一个夜晚，所有的口是心非都化作思念你的煎熬，如此这般在血液里轮回。如果能够不爱你，那该多好！

我也曾想象你爱着我，给我一场飞沙狂舞的浪漫；也曾想象你念着我，在黄昏绝色中和你共舞；也曾想象你会关心我，会温柔地呵护我……会突然出现在我面前，只为对我说一句，只是一句：我想你了。

那样，我一定会跟随你，哪管是去天堂还是地狱……

只是，你的世界从来都没有我，从来都没有。如果能够不爱你，那该多好！

你就这样离开了，没留下一个特别的眼神，更没有一句温馨的话语。在这寂静的夜，我只能遥望着漆黑的远方，默默地想你。

想你已成生活的一部分。无论白天黑夜，无论晴天阴天。想你——只要我还能呼吸，就永不停息。

想你为我写的一词一语，想你为她写的一章一文，读着你的书，你的文字，感觉你就在我的身边。你，不曾远离，不曾远离。

生活里，失去了你的去向；天空里，已无你的信息；空气中，已没了你的味道……我只能在心里默默地想你……

曾几何时，想你成了一堵无形的墙，别人看不见，我却走不出。如果能够不爱你，那该多好！

如果能够不爱你，我就没有相思的苦，没有守望的累。天不会因为你而显得阴郁，心不会因为你而寂寞。如果能够不爱你，失去你，我就不怕迷失了自己；得到你，我也不怕你哪天会离去。

可是，纵使不爱你有多么好，我还是毅然决然地爱着你，无法自拔地爱着你。因为没有你，再好又有什么意义？

○○○○○○

你的手心是我的天空，你的不安是我的恶梦。我放大你的每一个感受，不需要理由。你的一秒是我的一分钟，你靠拢我一步，我就像踏上云朵，这种感觉你永远不懂。

——余光中

| ONE | 世界太大还能遇见你，世界太小还是丢了你

○○○○○○

“为什么每次出门，都要合影？”

“因为我害怕日子一更新，我们就走散了。害怕如果突然失忆，寻人启事都不知道要怎么贴。”

01 没有经历过爱情的人，是不是会比较快乐

每一个不懂爱的人，都会遇到一个懂爱的人，然后经历一场撕心裂肺的爱情。不懂爱的人慢慢懂了，懂爱的人却不敢再爱了。

动情时分 EMOTIONAL MOMENT ○○○○○○

每次难过的时候，她就对他说：“你去找别的女孩吧，我不介意。”他总是一笑而过。

那天，他真的带了个漂亮女孩儿来见她，她却沉默了，敷衍两句就起身说去洗手间，望着镜子自己微红的双眼，她深吸一口气。出来的时候，却发现他倚在门口对着她笑。

这时候，他带回来的那个女孩儿说：“表哥，我走了，不玩了。”

表妹走了之后，他却发现他爱的她正泪流满面。他抱住她说：“对不起，让你难过了。”

她含着泪说：“要是我能不爱你，我就不会这么难过了。”

○○○○○○

我喜欢上你的那些日子，并没有很特别。一样有雨天、阴天、晴天。风一样轻，云一样淡，蒲公英一样飘摇，树叶一样摇曳，蝴蝶一样飞。

而我，一样，一天天走过那条小路；一样，一天天听那首歌；一样，一天天看那本未完的书。

我看过你，青春洋溢笑着奔跑的样子；我看过你，羞涩浅笑抿嘴说话的样子；我看过你，泪流满面默默哭着的样子。

这一辈子，我看过你的很多样子，但那些在我看来你最美好的样子，都不是因为我。

你说，你这辈子就只会爱一个人。那么，我何其不幸，不能成为那个你爱的人。那么，被你爱的那个人又何其幸运。他抢走了全部，这辈子我在你面前的，所有的幸运。

我看着你们拥抱，那天天气很好；我看着你们争吵，那天乌云密布；我看着你们分开，那天天空布满阴霾；我看着你们和好，那天阳光灿烂；我看着你们亲吻，那天大雨倾盆。

那些最美好的日子，我看着你们，竟也忘了看看自己的样子，是不是憔悴不堪，是不是眉头紧锁，是不是胡子满腮，是不是热泪盈眶。

他们说，我真伟大。看着喜欢的人幸福了，也就满足了。

其实不是的。我也曾想过，我要横刀夺爱；我也曾想过，我要乘虚而入；我也曾想过，我要制造破坏；我也曾想过，我要公平竞争。

可是我输了。不是输给了他，那个你爱的人。我是输给了你，输给了你这一辈子非要爱他一个人的决心。

我能怎么办？在你坚定的眼神里，我连思念你都是罪过。在你幸福的笑容里，我连默默地喜欢你都是过错。

他们说，喜欢一个人没有错。可是，我知道，我错了。

对一个不喜欢自己的人产生了执念，我错了。当喜欢变成了执念，那么就错了，错得离谱。

我认错了。对自己，我承认了自己的错误，我想要改正的，可是很难。我没办法不看你，没办法让那颗跳动的心不为你悸动。

痛并快乐着，就是这样吧。我已经分不清楚是快乐多点，还是痛多点。

你的婚礼我也去了。穿着我觉得最好看的黑色晚礼服，系着那条我觉得最正式的领带。

原谅捧花的我盛装出席只为错过你。我站在众多的宾客之间，远远地看着你站在你爱的那个人面前，笑得灿烂。我只看见你白色的婚纱、美丽的妆容，还有，还有轻轻挽着那个人的手臂。

那一刻，我突然平静了。就像是悬在半空中的身体，终于在这天缓缓落地了。

可是，我想哭。我喝着香槟想哭，我看着他们热闹想哭，我吃着丰盛的婚宴想哭。

我看着你想哭，我看着你们想哭。

可是我却一直在笑，看着你们笑。无声地笑，大大地咧着嘴角、眯着眼睛，笑，拼命地笑。

然后眼泪出来了，我说，沙子进眼睛了。明明是一望无际的绿草坪，沙子从哪儿来的？我也不知道，也不想知道。

笑着哭，好疼。

我要走了，去一个离你很远的地方。可是我好舍不得那个让我遇见你的地方。终究无法携你的手终老，终究无法对你说我的所有心情。

我给你写了情书，就放在你家门口那个信箱里，我写了一个晚上。

如果有一天，你看着那封情书，请不要讶异，请不要疑惑。

那是我用尽了这辈子全部的力气，才写下的两个字：你好！

“你好！”这是我想认识你的最开始；是我能够说出的最问心无愧、正大光明的祝福；也是我这辈子给你的最短情书。(尔曦)

02 / 若无相欠，怎会遇见

不要道歉，因为一旦说了对不起，就代表一定有所亏欠。

动情时分 EMOTIONAL MOMENT ○○○○○○

情人节，老年痴呆的外公失踪。

晚间，医院来电话说，有位衣服上缝这个电话的老人站在某病房里不肯离去。

去接外公时，妈妈一进病房便哭了，外婆就是在这间病房去世的。

当我看到傻傻的外公手里那枝不知从哪里捡来的玫瑰时，忽然想到几年前的情人节。

我问外公：“怎么不送外婆玫瑰呢?”

那时，外公说：“傻老太太衬不上玫瑰。”

○○○○○○

是缘分，让你我在人海中相遇。就像一朵花遇到一滴水而变得妩媚,一株草遇到一缕清风而变得摇曳,一湖水遇到一片落叶而变得清波荡漾。

有了一望无际的夜空，才有星光灿烂；有你的出现，才有我生命的精彩。

“我藏不住秘密，也藏不住忧伤，正如我藏不住爱你的喜悦，藏不住分离时的彷徨。我就是这样坦然，你舍得伤，就伤。”

如果有一天，你要离开我，我不会留你，我知道你有你的理由；如果有一天，你说还爱我，我会告诉你，其实我一直在等你；如果有一天，我们擦肩而过，我会停住脚步，凝视你远去的背影，告诉自己那个人我曾经爱过。

或许人的一生可以爱很多次，然而总有一个人可以让你们笑得最灿烂、哭得最透彻、想得最深切。

炊烟起了，我在门口等你。夕阳下了，我在山边等你。叶子黄了，我在树下等你。月儿弯了，我在十五等你。细雨来了，我在伞下等你。流水冻了，我在河畔等你。生命累了，我在天堂等你。我们老了，我在来生等你。

能厮守到老的，不只是爱情，还有责任和习惯。

琴只想对知音的人弹，话也只想对想说的人说，一些话也就是对听懂的人才算经典。

在我们的生命中有许多相遇，但留在心间而难以忘怀的能有几个？当时光流逝，当容颜老去，青丝变白发，当你独自在月光下静默沉思，那份温馨、那种思念还在心灵深处吗？

我不知道流星能飞多久，值不值得追求；我不知道樱花能开多久，值不值得等候。但我知道你能像樱花般绚丽，像恒星般永恒，值得我一生去保留！

如果落叶能寄去我所有的思念，我情愿将整个秋林装进我的心中；如果归雁能传递我所有的牵挂，我会用毕生去感谢这美丽的季节。

不必感慨今生走不进彼此的视线，有一种真情只能用心去感受，有一种情感只能用心去储藏。

我用心底的泪水凝结成眩晕，悬停给你一片彩虹，你看了吗？我用岁月的皱纹写就诗行，颤抖着给你一丝涟漪，你读了吗？我用爱你的玫瑰提炼出芬芳，匍匐着给你一路清香，你想象了吗？

我把想你的忧伤写满大地，期待你纹织秋天的金黄，你耕种了吗？我用等你的分秒集合成期待，锻打出缠绵无尽的线条给你描绘梦幻啊，你彷徨了吗？

我用无边无际的思念酿成美酒，微苦着体会你唇际的张望，你陶醉了吗？我用感伤的尘埃砌就坚强，捧给你一种宁静，你心定了吗？

我把滚烫的话语冷却成蚕茧，任你抽丝牵挂，你紧张了吗？我将年轮的落叶撒满你的岁月，希冀你踩着欢快地歌唱，你踏实了吗？

年华向晚，抵不过岁月沉香。待到老去的那一天，两鬓斑白、步履蹒跚的我们已经不能再走千山踏万水，你还能不能想起我们的那场遇见？

当尘世烟火慢慢沉寂，当指尖浮华逐渐消散，你是否依旧像你爱我的时候牵着我的手？原来，我生命中最美的时光，是从遇到你的那一刻开始的。

03 最美的不是下雨天，是曾与你躲过雨的屋檐

如此情深，却难以启齿。原来你若真爱一个人，内心酸涩，反而会说不出话来。甜言蜜语，多数说给不相干的人听。

动情时分 EMOTIONAL MOMENT ○○○○○○

女孩儿有很多的追求者，但她只喜欢他；男孩儿也有很多的爱慕者，他也只喜欢她。可是他们都不知道对方的心意。

她看着每天课桌上摆着的盒饭，无奈地叹了口气："如果是他送的，那该多好！"

他看着每天课桌里的巧克力，失落地说："如果是她送的，那该多好！"

直到有一天，他们因为相同的想法提前到学校，他看到手里拿着巧克力的她，愣了。她看到手里提着便当的他，羞红了脸。

○○○○○○

记得那时还年少，我会默默地关注你的一切，你的一举一动我都悄悄放在心上，写进日记里。看不见你时我会偷偷想念，看见你时却又不由得心跳加速。那个叫作初恋的季节里，你的出现让我第一次尝到了“情”的滋味。我会怀念初恋，怀念的只是那时两颗透明的心，只是我们在初恋岁月时那纯净的心灵。

尽管岁月如白驹过隙，时光逝去久远，一旦打开记忆的窗口，你依然是我内心深处最美丽的风景。其实，最美的不是下雨天，而是曾与你躲过雨的屋檐。

你知道吗？我记得关于暗恋的所有美好的词语，每一次记起都会无措。我一直觉得自己是勇敢的，那一年喜欢上你以后，我突然变得懦弱。

那些荒唐的过往，我年少时最青涩最稚嫩的爱恋全部都给了你。我坐在你身边，享受最令人羡慕的暧昧，也吞咽看不到未来的酸楚。年少时的相处总是那么真、那么令人动心。

我唯一可以为你做的，就是苦守真心，送你，也送我自己走上光明的未来。祈祷老天善待我的真心，虽然最后我没有如愿。

在错的时间里，遇上对的人，这就叫青春。所以我在和你重叠的时空里，从来没有掉过一滴后悔的眼泪。因为我知道，就算这个人懦弱、花心，还爱着别人，可是当你遇见他的时候，你就会知道，你的整个青春都将与他有关。

对我来说，爱是即使零分也愿意接受的不期而遇，何况那时的你对我来说已经是百分了。

总在漂泊的风中寻觅你的踪迹，总想南来的鸿雁能传来你的讯息，当一夕烟雨落红满地时，相思早已变成了水墨婉约的诗句，挥洒在这素锦流年的一纸馨香里。

习惯迷醉于夜的眸光里，只想为你弹奏一首经年的插曲，用一朵花开的时间去诉说芬芳的心语，不知你梦中浸满幽香的小径上，是否还会有我们牵手走过的痕迹。

曾经以为，爱情是我的全部。然而有一天却发现，那只是我浪掷了最多光阴的一部分。曾经以为，爱上了，就不会寂寞，以为爱上了你，我可以全身而退，然而有一天却发现，我退得满身伤痕。

爱情开始的时候，会把天涯变成了咫尺；爱情结束的时候，又把咫尺变成了天涯。

在爱情走到迷茫的时候，要验证是否相爱，最好的方法就是分开，分开后如果痛苦、如果思念，那就是真爱，真爱一定会让两个人再次相遇。

但是我们再也没有遇见过，我的世界没有了你的存在，你就像一阵风吹过我的心里。

在没有你的城市里还是会时常想念你，你过得好吗？有没有也偶尔地想起我？

04 我不想让自己知道，我只是在路过你

我希望有个如你一般的人，如山间清爽的风，如古城温暖的光。从清晨到夜晚，由山野到书房。只要最后是你，就好。

动情时分 EMOTIONAL MOMENT ○○○○○○

五年后他们再次相遇，找了个酒吧闲聊起来。

他点了杯加糖咖啡，她奇怪地问他："你不是说过只喜欢品味那种独特的、苦涩而不掺杂任何东西的咖啡吗？"

他愣了愣："你还记得那么清楚？"

她慌忙解释说："别误会，我嘛，就是记忆力好，什么事都不容易忘掉的。"

他笑着说："你还是喜欢解释。"

她自言自语地说："怪自己记忆力太好，无法抹去你给的爱和痛。"

○○○○○○

曾经，我很天真地以为，你会是我今生的永恒，直到后来才发现，我错了。流连于你的世界，从开始到结束，如烟火般，灿烂得如此短暂。思念的夜晚，隔着华灯初上的光亮，是那样温柔地绽放。

谁能听见我的叹息穿过这片荒芜的世界，停顿在你离去时的方向，那是我心中千万次的呼唤，模糊而又清晰地飘荡于潮湿的梦里。

尽管你说你会祝福我，但是我依旧不愿意承认，不愿承认你的世界我只是路过。

记忆中你的容颜，我似乎再也描绘不出轮廓；曾经的诺言也已随风而去，消逝得连一点痕迹都没留下。我知道，这页时光的记载，从你转身的那一刻开始，我便再无力量去翻阅。

流淌的夜色，一如既往的深沉，被月光覆盖的街道，忧伤与思念共舞，洒满了我孤寂的心灵。就这样，不知不觉的，我便陷入了记忆的汪洋，久久无法醒来。

若说是时光拉开了彼此的距离，冲淡了爱情的痕迹，为何想起时，依然会那么刻骨铭心，是否当初痛得过于彻底，而让哭泣的灵魂镌刻上永恒的印记，倔强地游荡在时光的夹层里不愿散去。

或许，有很多的东西真的连时间都无法还原，譬如伤痕、记忆，不管岁月如何变迁，时光又如何安抚，始终都会留下痕迹——一些让人在瞬间就想起从前的线索。

是谁给了我满心的欢笑和甜蜜？又是谁给了我满怀的忧伤与无奈？当泪水滑过脸庞，洗刷着你留过的耳语，带走所有残存的痕迹，剩下的，是否只有一往情深的自己？

如果思念的夜晚不再有你，谁还能编织我午夜的幽梦？被放逐的心灵依旧流浪在人海，反反复复地演绎着每一个擦肩而过。

就这样，你转身离去了，只留下我的思念在原地盘旋。你决绝的背影，透过我蒙眬的泪眼，狠狠地刺穿了那颗受伤的心，让我再无力量去承受那种撕心裂肺的痛。

是否一个人走得太远，而忘记了最初选择的方向？回首来时的路，早已荒草丛生，唯独只留下单薄的身影依稀可见。

记忆像是倒在掌心的水，不论你摊开还是紧握，终究还是会从指缝中一滴一滴地流淌干净。爱情又何尝不是这样呢？

不管你如何小心，它还是会一点一点地慢慢消失。

如果说，你的美丽，需要用我的泪水来点缀，那么，我请求你，把我所有的思念都带走，我不想蜷缩在阴暗的角落里独自舔舐着伤口。

如果说，那过往的风，只是没有方向地漂泊，我希望，那流过的云，可以带走我全部的记忆，我不想在每一个花开花落的季节里，习惯地想起你。

只是可惜，这些如果终究只是我无力的呐喊，是我沉睡后梦中流露出的几句呢喃，它以一种别样的方式，定格在我孤单的背影里……

我想若干年后，如果我走在路上遇见了你，我一定不会走上前去同你打招呼。我一定会在你未发现我之前，早一步转身离开。你一定要原谅我，原谅我只是从你身旁路过。

05 你以为我刀枪不入，我以为你百毒不侵

两个陌生人，千回百转之后，同时坠入爱河，只有一个知道，这不是巧合。

动情时分 EMOTIONAL MOMENT ○○○○○○

火车要开了，女孩儿一直目送那个男孩儿离开，一步，两步……直到男孩儿踏上车都没有回过头看女孩儿一眼。

火车开了，女孩儿泪如雨下。

女孩儿一边哭一边说："我一直在等你回头，只要一眼，我就跟随你去。"

车上，男孩儿看着急速倒退的风景，心口隐隐作痛。

男孩儿低声痛哭说："为什么你不叫我一声，只要一声，我就为你留下。"

○○○○○○

你遇上一个人，你爱他多一点，那么你或许终究会失去他。然后，你遇上另一个他爱你多一点，那么你可能早晚会离开他。直到有一天你遇到一个人，你们彼此相爱。

有一些爱情是注定没法走到终点的。一段爱情如果只有过去的回忆，而没有现在的温暖和将来的快乐，那么我们为什么还要相互折磨呢？

我不介意痛苦，但我起码应该得到与痛苦一样多的快乐！

岁月静好，但我不知道是否即将错过你。我们之间，多了一些折磨，少了一些抚慰。你以为我刀枪不入，所以尽兴地进攻；我以为你百毒不侵，所以拼命地伤害。

能有一个喜欢的人，是多么幸福的事！而我们之间的爱，渐渐变成了伤害。从一开始的陌生，到现在的沉默无声。

我很庆幸，在我这么美好的年华里遇见你。我再也不可能像十七八岁那样，义无反顾地喜欢一个人。在遇到你以前，我从来没有这样喜欢过一个人，是你让我知道了什么是心怦怦直跳的感觉，所有所有的一切，我觉得很值得。

我曾经无数次地想象，想象我们再见面时，会是怎样的情景。会是在悠扬的音乐中微笑着说句“好久不见”还是在人来人往的大街上我们抬头便看见了彼此，抑或是在公交车里，旁边坐的刚好是你?

我们在一起的日子，就像是万里无云的晴天。我那时多么希望，希望风能带给你一句话：我们永远在一起吧!

似乎也只有在那段日子里，我才深刻地感觉到，那些思念如同生长的藤蔓，在我的心里扎根盘旋，郁郁而生成整个青春的葱绿。

那时候我才明白，原来所谓爱情，就是这样折磨人的东西，就算我们在爱情里疲惫不堪，但是彼此相拥的那些分秒，一切的付出都微不足道。

可突如其来的误解和争吵，让我们很快变得陌生了。我们借着爱的名义彼此折磨。为什么我总是后知后觉，以至于我到现在才发觉，我竟是这般爱你；也才真正明白，失去一个人是多么痛苦的事情。

当黑夜来临的时候，我只能孤独地想念你一个人。我把我们简短的故事回忆了一遍又一遍，以期拼凑出一些温暖的画面。可时间真的快得让人胆寒，来不及等到你的笑颜，天空就变脸了。

你转身走了，虽然我已泪流满面。信誓旦旦的承诺 却被时间扑了空。我们就这样，固执地进行着一场漫长而持久的误会。

我终于来到了你曾来过的城市，和所有相爱的人一样，想走过你曾走过的路，只是相伴的路途上，少了一个你而已。

我看着照片里的你，想着记忆里的你，像是在沙漠看见的海市蜃楼，仿佛看到希望，又不断落空。我忽然觉得悲哀，我只能在回忆里寻找点点滴滴，原来我只剩下这么点儿能耐了。

年轻的时候我们都是那么勇敢，以为只要自己愿意尝试，那么一切问题都会迎刃而解。我们匆匆对彼此许下诺言，我们开始编织越来越多的美好。我们是那么的自信，我们总以为，相爱就等于永远，梦想就等于现实。

当我们被爱折磨得精疲力竭的时候，才陡然意识到：爱情，长不过思念，短不过善变。

06 / 时间不会回头，爱情岂能如果

回忆这东西，真的能让一个人变成神经病，前一秒，还是嘴角微扬，这一秒，却湿润了眼眶。

动情时分 EMOTIONAL MOMENT ○○○○○○

她暗恋他两年，他也喜欢和她待在一起。

高考过后，她偷看了他的志愿表，填上了同一所大学。

后来，他改了志愿，填了女孩儿最喜欢的大学。

开学了，发现学校并没有她，他通过了很多关系转到了女孩儿所在的学校，而她却以为男孩儿故意逃避她，跟随父母出了国。

她在越洋电话里对他说："傻瓜，我一直喜欢你，为什么我们总是错过？"

他回答道："如果能够回到从前，我一定让你知道，我很早很早就喜欢着你。"

○○○○○○

如果彼此出现早一点，也许就不会和另一个人十指紧扣。又或者相遇得再晚一点，晚到两个人在各自的爱情经历中慢慢地学会了包容与体谅、善待与妥协，也许走到一起的时候，就不会那么轻易地放弃，任性地转身，放走了爱情。

但时间不会回头，爱情岂能如果？

这个世界上最残忍的一句话，不是“对不起”，也不是“我恨你”，而是“我们再也回不去了”。

就是这样再简单不过的一句话，生生地将两个原本亲密的人隔为疏离。没有经历过的人永远都不会明白，那是怎样的一种切肤之痛。

爱总是会使我们有太多期许：希望长久，希望不会分别，希望占有……而最终只是觉得有些许厌倦，不知道该往哪里去。

爱情就是这样，有些人会慢慢地遗落在岁月的风尘里，哭过，笑过，吵过，闹过，再恋恋不舍也都只是曾经。

命运总是喜欢开一些小小的玩笑，那些本该永恒于生命旅途的风景却总是如云烟般易逝，只留下无尽的追思，留下回忆泛滥。只是有些人早已远去，有些梦早已破碎，那些放不下的、放得下的，终究还是要离开，只是我始终没有学会一个词叫释怀。

或许，等待是我今生无法改变的宿命。等待一场花开，让我看见幸福的颜色；等待一场花落，让我看清人世浮华；等待一个回眸，让我不再悲伤；等待一个肩膀，让我不再彷徨。

每一个不敢再爱的人，一定很深地爱过。看起来好像百毒不侵，其实早已百毒侵身。

爱情里最忌讳的是：两个人都幻想着彼此的未来，却也总惦记着对方的过去。明明说着看开了、放下了，每次却总是不自觉地想起那个给予温暖的人。

每每又总是在微笑沉醉时看到了现实、想到了伤痛，然后，冷的感觉再也暖和不起来了。如此反复，心终于累了，现实就是这样。我曾经醉过，却又最终醒来；我正在行走，却找不到方向。

有些伤痕，划在手上，愈合后就成了往事；有些伤痕，划在心上，哪怕划得很轻，也会留驻于心。有些人，近在咫尺，却是一生无缘。生命中，似乎总有一种承受不住的痛。

有些遗憾，注定了要背负一辈子。生命中，总有一些精美的情感瓷器在我们身边破碎，然而那裂痕却留在了岁暮回首时的刹那。

在爱情没有开始以前，你永远想象不出会那么爱一个人；在爱情没有结束以前，你永远想象不出那样的爱也会消失；在爱情被忘却以前，你永远想象不出那样刻骨铭心的爱也会只留下淡淡的痕迹；在爱情重新开始以前，你永远想象不出还能再一次找到那样的爱情。

时间会告诉你一切真相。有些事情，要等到你渐渐清醒了，才明白它是个错误；有些东西，要等到你真正放下了，才知道它的沉重。

就像电影里面那句经典台词："曾经有一份真挚的爱情摆在我的面前，可是我没有珍惜，等到失去的时候才后悔莫及，尘世间最痛苦的事，莫过于此。"

07/心中有不舍的人，是多么心碎的幸福

认识你越久，越觉得你是我人生行路中一处清喜的水泽。几次相忘于世，总在山穷水尽时又悄然相见，算来即是一种不舍。

动情时分 EMOTIONAL MOMENT ○○○○○○

他不会知道，为什么教她再多遍，骑自行车还是摔倒。

他不会知道，为什么她明明会骑自行车，还要假装摔倒。

他不会知道，就因为她第一次坐他自行车的后座，他对她说的那句话：

“你不会骑自行车吧？那以后你就坐我后面一辈子好了。”

她就准备一辈子都“学不会”骑自行车。

○○○○○○

命运旅途中，每个人演出的时间是规定的，冥冥中注定该离场的时候，多不舍得也得离开。

在对的时间遇见对的人，是一种幸福；在对的时间遇见错的人，是一种悲伤；在错的时间，遇见对的人，是一声叹息；在错的时间遇见错的人，是一种无奈。

而我们，是在错误的时间、错误的地点，遇见了错误的彼此。

你有没有半夜惊醒、毫无睡意的时候？有没有特别想念一个人的时候？

我有，这时候，我会想念一些不可能再回来的人，和一些说不清来龙去脉的旧时光。

也许真的是相见不如怀念吧！相思难表，走过了繁华如锦，踏过了草木萋萋，走过太多的路后，在烟花绽放夜空的一刹那，是何等绚烂美丽！虽然短暂，可终是看到了，也就无憾了……

我在等那么一天，当我足够优秀足够勇敢，我能坚定地从你面前走过，且带着一份从容，那将会是你从没见过的我。

往事如烟，那些曾经的记忆在大脑里复制、粘贴，我的世界，角角落落都是关于你。也许还会常常怀念的，想想每天都可以看到你的快乐时光，在没有你的地方，我还是离不开有关你的消息。

有时候，多么希望时间为自己停下，就这样和喜欢的人地老天荒；有时候，发现身边的人都不了解自己，面对着身边的人，突然觉得说不出话；有时候，在自己脆弱的当口儿，想一个人躲起来，不愿别人看到自己的伤口。

有时候，突然很想逃离现在的生活，想不顾一切收拾自己简单的行李，然后去旅行。其实，我怀念的不是哪个人，而是那个回不去的曾经。

曾经在最纯真的年代里相遇，在张扬的青春里幸福，在岁月的沧桑里分离。盼望着，还能重逢在尘埃落定时，只为确认你的幸福，只为再见你一笑的风华，然后淡然离去，自此天涯路人，未有归程。

再见你时，那么轻轻的一声问候，就剥落了所有刻意伪装的坚强。那微笑的坚强，那微笑的伪装，顷刻间都烟消云散了，那个一直埋藏在心底的名字，刺痛了记忆，模糊了双眼。

原来，有许多事情，一直都不曾忘记，只是被记忆封存，放在内心的最深角落，自己不去想起，却也不让外人触及。

一个人行走于这个城市，总不忘用想念做伴 ，想着你的笑容，想着你的温度，即使一个人走在寒冷的街道，我也依旧温暖。

曾是幸福之路禁行的路标，化成了彩色的粉末，在阳光下五彩缤纷。日光在唱歌，冰封的心也开始回温，所有的悲伤在这一刻都如那阳光照射的积雪，慢慢融化……

我遇到了你才知道，原来悲伤的尽头不是悲伤，而是一个可以让我不再悲伤的人。

有一种借口叫年轻，可以不珍惜时光，不珍惜爱，不珍惜一切来之不易的东西。有一种感情叫错过，错过爱，错过可以相守的人，错过一段刻骨铭心的情。

也罢，就让一切随风，吹向那山之畔、水之滨。无须言语，一切重归自然，待到下个春回，依然有着别样的美丽。

08 来年陌生的，是昨日最亲的某某

即使在千万人中行走，我也能一眼认出你。因为别人都是踩着地走路，而你是踩着我的心在走。

动情时分 EMOTIONAL MOMENT ○○○○○○

他和她因为误会，分道扬镳。如今，在繁华的闹市，他们带着各自的另一半，迎面擦肩。

她望着他，他也望着她，眼睛清澈明亮。

男友问她："他是谁啊，一直望着你？"

他的女友也问道："她是谁啊，好像认识你一样？"

她和他，不约而同地答道："路人而已。"

○○○○○○

时隔多年后蓦然回首，仍记得当年的你是怎样笑靥如花。

有人说爱一个人，若她依然单纯，就要带她看尽世间繁华，若她已经历沧桑，就要带她坐旋转木马。

我爱了你那么久，却始终没来得及带你看世间繁华、坐旋转木马。

我常常想，很多年以后的你，想起我时的心情，会不会刚好和我一样?

“陌生人”这三个字给你怎样的感觉?若是一个素不相识的人，那感觉必定是平淡无奇的吧。可如果是你爱的人，那便是万箭穿心。

我于你而言， 已经是陌生人了吗?

让我一直想不通的是，你竟然忘了我们那么甜那么美的曾经。

是不是不爱了之后，连回忆都是负荷?最遥远的距离不是天涯海角，而是形同陌路。

放不下也会变成放下，爱上也会变成爱过。我会想念你，然后爱别人。

你说我还是那么活泼开朗，我只能呵呵地傻笑。不知道从什么时候开始，我也学会了伪装自己。

有时午夜梦回，也会回到我们一起向往的城市。醒来时，总是天光大亮，眼睛酸涩得睁不开，仿佛永远都睡不够。

经过时间打磨的我，内心已经不是你熟悉的“丫头”。这样陌生的称呼，再也不属于我。

也许过不了多久，那个把自己小心翼翼地包裹在属于自己的世界、不肯露出头的我，终于可以坦然地面对你，微笑着说：“我很好哇!”

爱情总在不知不觉间过期。有一天，我们把它拿出来，才知道它最鲜活的日子已经永远过去。

在最有感觉的时候，爱情没有为我们停下脚步，那么，也不必再一起走完那段路之后，回头去寻找那些散落在地上的感觉，路已经走完了。

爱情中最伤感的时刻是分开后的冷淡，一个曾经爱过你的人，忽然离你很远，咫尺之隔，却是天涯。

有些人，有些城市，我们会一直遇见，也会一直错过，就像冥冥之中我们注定没有缘分一般。

有时候，有些人不需要说再见，就已经离开了；有时候，有些事不用开口也明白；有时候，有些路不走也会变长。

虽然前一刻还拥抱在一起，但也许是时间未到，我们不知道下一秒，是否便各自天涯。

走过的路，不要再走。错过的人，别再回头。

直到最后，没有电话，没有问候，没有消息，我们就像是毫无关系的陌生人。

我以为，爱上你，爱情就可以天荒地老；我以为，经年流转，幸福便是这样的不可言说、深藏心里；我以为，有了你，身外之事都可以忘怀，生活即便单薄，亦是一种精神的饱满。

渐渐地才发现，我的生活已经被你打乱了，你走了，不会再回来了。

如果我能不爱你，就不会感觉到悲伤。有些事情注定无能为力，所以只剩下悲伤。

爱到最后，你还是你，我却不是那个自己了。

我用一秒钟爱上你，却要用一生的时间来忘记你。

09 ╱ 错过了的人，就与你无关

不要说，离开以后还会想念；不要说，分手以后还是朋友。离开一个地方，风景就不再属于你；错过一个人，那人便与你无关。

动情时分 EMOTIONAL MOMENT ○○○○○○

她和他深爱后因故分手，多年无联系，最近她偶得他的电话号码，打过去才发觉他们离得很近。

两个人聊得高兴，他提出见个面，她犹豫一下婉拒了，听得出他的告别很失望。

放下电话，她想起了一句诗：“今生已不想见你，只为再见的已不是你，心中的你不会再现，再现的，只是沧桑的岁月和流年。”

○○○○○○

每个人心上都有一个刺青，挥不去，抹不掉。爱来的时候，妖娆成野性；爱去的时候，滴血成殇。

张爱玲说：“我以为，爱情可以填满人生的遗憾，然而，制造更多遗憾的，偏偏是爱情。”所以说，如果错过了，就趁早放下吧。错过了的人，再与你无关。

走在喧闹的人流中，低垂的杨柳，撩拨着初秋时光；目光流转处，风也仿佛穿越了千年，洗涤着往日的情怀。那些关于梦的回忆，在匆匆又匆匆中丰满而后风干，消失在流年时光里。

我不知道自己是否还是你眼中的风景，我不知道你是否还会记起曾经在你生命中走过的我，只是一切都变得淡泊。

我还是你眼角的那滴泪吗？我一直在心中问自己。若不是，为何我总是在你的面前把故事变成刻骨铭心的回忆？若是，为何那滴清泪已不在你的气息里？

心，宛如碎了一地的琉璃。每每触摸那些记忆，每每想起曾经有过的默契，也总是把疼痛一次次压在心底。不曾想，一指流年，爱已天涯！

做了那么多梦，梦里来，梦里去，梦里总有你模糊不清、挥之不去的影子，优美的音乐里有你，痛苦时会想起你，我不知道怎样才能忘记你。

对你总有一种思念深埋心底，我渴求的并不多，只愿有一天能牵你的手；我希望的并不多，只想给你一份永恒的爱。

我多想偎着你的肩膀感受你的心跳。你就是我最爱的那个人，我的肩膀会是你永远的依靠，无须追问什么未来，只须轻轻地问一声：“牵着我的手我们一起走好吗？”

爱上你，是在一杯淡茶中添数枚莲心，泡一会儿然后一饮而下，任凭浓郁的苦味肆意弥漫，苦到心痛苦到心酸，也要一个人无声地承受下所有的痛楚；

爱上你，是在一捧桂花中酿半碗清酒，在冷月下独立单酌，任由彷徨的醉意一拥而上，醉也茫茫，醒也茫茫，只有清冷的月光伴随着一个落寞的身影。

很多时候，试图通过文字忘却某些过往，绕过某些不想触及的时光；不承想，手指敲不断必经的那山、那岸、那水、那事。终究还是自己用浅显的字符，不停地修改着自己一个人的期盼和绝望。

曾在多少字词里，镶嵌着一个俊朗的容颜；曾在多少清梦里，心系着一个俏丽的倩影；曾在多少心情里，幻想着一个无望的相遇。

如果能用一辈子换你停留在我的视线中，我将毫不犹豫。可知，我百年的孤寂只为你一人守候，千夜的恋歌只为你一人而唱。你是我想要的幸福，为你，我愿意付出我所能付出的一切。我心永恒，无怨无悔。

我只想告诉你，轻轻地告诉你，我每一刻都想与你在一起，渴望每一瞬间都拥有你。可是，可是我们错过了，今生失去了这样的权利，我们只能在梦里邂逅。

想你，一帧帧温情的画面缤纷缱绻而来；想你，我左手忧伤，右手快乐；想你，我或婉约，或豪放；想你，且甜蜜，且心碎。

甜蜜过又如何，心碎又能怎样？罢了，一切都成了过去式，你，我，我们。

错过了的人，都是过去了的人。我们在等的那个人，只是还没来到而已。

| TWO | 你走了真好，不然总担心你要走

○○○○○○

关心一个人成本太高，须揣着热情，担着失望，耗上时间和精神，是件稳赔不赚的事。爱情，不随便开始，不急着妥协，不介意孤独，比爱你舒服。

01／离开我，你有没有比较快乐

我比这世上任何一个人都更加热切地盼望你能幸福，只是，想起你的幸福与我无关，还是会非常难过。

动情时分 EMOTIONAL MOMENT ○○○○○○

分手后的第二十八天，他收到她从澳大利亚寄来的结婚请帖。

他问她："你明明还是很爱我的，怎么可以如此残忍地选择另一个他？"

她回答说："因为另一个他把我放在大家看得见的地方，而你把我藏起来。"

他不解地问："什么意思？"

她说："在另一个他的眼里，有我；在另一个他的心里，有我；在另一个他的朋友圈里，有我。所以我觉得，你既然选择把我藏起来，那应该是，没有我你会比较快乐一些。"

○○○○○○

那些夭折的爱情，就像跳跃前的助跑，都只是过程，在起跳处，你终会一跃而起。

在这个世界上，除了你，一定还有别人值得我爱，而我一定也会找到爱我的人。我没有那么脆弱，不开心难过的时候会哭，开心的时候会笑，不想说话就沉默。这些我都可以做得很好。

每一段感情都当是在爱情里面的练习吧，因为爱的能力欠缺，所以需要学习，直到可以更好地爱别人，也爱自己。

现在的你，有没有比较快乐呢?

你说你会陪我走到最后，可是后来的我们没有最后。

我还怀念我们的曾经，我们许下的一切承诺。可是，在突然醒来的某一天，我明白，我能怀念，我仅仅只是能怀念而已。如果现在的你是快乐的，就算没有我一样可以很好，那又有什么不好?

已经足够了，不是吗?

我没有自己想象的那么勇敢。

如今，我已经没有了非要执着于爱的理由。可能在时光缓漫的淘洗下，我们都开始长大，开始明白如何去更好地爱别人以及爱自己，如何更好地去原谅去接受所有不能如愿的事情。

我没有自己想象的那么脆弱。

如今，我和你在两个不同的世界里生活，你有你的工作、学习和生活，我有我的阳光、空气和水。

如今的我，只是想告诉你：我很抱歉。因为分开那天，我听见你在电话那头哭了。

那不是我第一次听见你哭，但却是我最心疼的一次。

曾经的我们都太年轻了，拼命地想要爱情，最后却都辜负了。

曾经的我们都太任性了，拼命地想要拥有彼此，最后却都失去了。

曾经的我们都太天真了，拼命地想要永恒，最后却都只是路过罢了。

我第一次明白，为那段感情所伤的人，不止是我一个，还有你。

我一味自私地责备你、埋怨你，却忘记了，原来在这段爱情里面，实爱着的那个人还有你。你也会痛，也会难过。

原来，从头到尾我都不曾相信你是喜欢我的。因为不曾相信你是喜欢我的，所以才那么拼命地告诉自己，受伤的人只有我自己，而你无关痛痒。

可是，事实上不是。听见你压抑的哭声的时候，我终于明白，是我太自私，是我只想到自己，是我把你对我的喜欢想得太浅、太浅。

现在，我告诉自己，所有的想念和埋怨，都已经足够了，足够我们彼此鼓起勇气，去选择离开彼此。

我必须对自己公平，我必须告诉自己，可以鼓起全部的勇气去试着喜欢另一个人，这，并不难。

想告诉你，我把你放下了。

想告诉你，谢谢你，我终于可以正常地去喜欢另一个人了。

想告诉你，你曾经是我以为的全世界。

想告诉你，离开我之后，希望你会比以前快乐。

02 是你教会我时过境迁，告诉我不要怀念

在开去往幸福的列车上，如果你要提前下车，请别推醒装睡的我，这样我可以沉睡到终点，假装不知道你已经离开。

动情时分 EMOTIONAL MOMENT ○○○○○○

她和他相恋过，后来分手了。多年之后，在一条街上不期而遇。

他从她身边走过，目视前方。

她从他身边走过，盯着脚尖。

然后，在不同的时间里转头，偷偷地看着对方的背影，又迅速转离，不让对方察觉。

习惯了在人群里搜寻你的背影，却不敢和你说一句话……

○○○○○○

我们在似是而非的斑驳里，见证了一整场关于单纯的葬礼。人总是在改变，感情更是如此。

原本爱得昏天暗地，如今早已物是人非。时光流转，就这般践踏了一个又一个春秋。

是什么稀释了曾经的挚爱，又是什么摧残着脆弱的情感？

我们都不知道答案，反正我不会忘记你曾对我说："爱已时过境迁，彼此不要怀念。"

我痴痴地站在故事发生的那天不肯走，那感觉，就如同你决绝地离去。想不通的感情，我不敢再多奢求，哪怕就那么一点点，似乎很多很多的眼泪都换不来。

我不知道你认真地离去，是不是我上辈子犯下什么错，让曾经看似坚不可摧的感情，就这般幻化成如今的淡。

不是没想过，以潇洒华丽的姿势退出你的世界，只是，唯独在你面前，眼泪骤然就掉落下来。落在心里，裂成万千的碎片，连同回忆一起浮现。

它们都成了过去，只是少了太阳的光影和温度。

这才明白，爱情淡去的速度，比光还快。

相对于两头的漫漫无期，相识不过是昙花一现的凄美。

孤单并不可怕，怕的是一直孤单；爱上一个人不可怕，怕的是一发不可收拾；分手了也不可怕，怕的是一直还放不下。

生病并不可怕，怕的是一病不起；输了并不可怕，怕的是一败涂地；错了也不可怕，怕的是一错再错。

而我最害怕的，是时过境迁后的冷漠和后会无期。

不求你深深记着我一辈子，只求你别忘记你的世界我来过。

不是每个擦肩而过的人都会相识，也不是每个相识的人都会让人牵挂，至少在我们的今生，在那个地方，在一转身的时候曾经相逢过。

你要知道，偌大的地球上，能和你相遇真的不容易，感谢上天，给了我们这次飞花一般烂漫的相逢。

共同的记忆犹如午夜的烟火，繁华过后便是一片深邃的寂静。

每当我彷徨失落的时候，看着午夜升起的孤单，想着过往的你，那些在一起的美好时光，在汹涌而来的记忆潮流里，苦苦挣扎。

最终明白，谁都不是谁的救世主。

时过境迁之后，你还是我的不知所措，而我早已成了你的无关痛痒。

我们处在一个拥有一切却又好像一无所有的尴尬年纪，什么都不确定，却又很想安定，充满了困惑。很多人、很多事常常在错过后遗憾，在遗憾后无奈。等你弄清自己心意的时候，却为时已晚，遗憾铸成。

生活总和我们开着玩笑，你期待什么，什么就会离你越远；你执念于谁，就会被谁伤害得最深。

没有结局的感情，总要结束；不能拥有的人，总会忘记。

既不回头，何必不忘。既然无缘，何必誓言。

以为这样就会冷却伤悲，坦然面对一切，但我知道这只是自己的一厢情愿罢了。

不上心，不伤心。在乎的太多，伤的反而是自己。

所以我们，曾经的斑斑点点，最终也只能代表我们故事的零碎。

从此我不会再徒劳地发牢骚而影响情绪，谁都不是谁的阳光，何必再去悲伤?

我会用微笑去祭奠我们曾经美好的回忆，如花美眷，似水流年。回得了过去，回不了曾经。希望我们，各自安好。

03 不是因为分开而陌生，而是因为陌生而分开

我们太年轻，以致都不知道以后的时光，竟然那么长，长得足够让我忘记你，足够让我重新喜欢一个人，就像当初喜欢你那样。

动情时分 EMOTIONAL MOMENT ○○○○○○

七年前，他们刚刚知道什么叫恋爱。

她问他："你打算什么时候谈恋爱啊？"

他说："等你哪天想谈了，我就和你手牵手呗。"

四年前，他们听说很多人结婚了。

她问他："你打算什么时候结婚啊？"

他说："等你哪天玩够了，我就把你带回家呗。"

现在，他们分开很久了。

她问他："你打算什么时候结婚啊？"

他说："下个月，你呢？"

○○○○○○

“爱是一场不散的筵席。”你告诉我，“有的恋人是永远都不会走散的，就像我们。”

我深深地记在心里，一句最简单的话，却在我的心里开出了一朵经久不衰的花。

我们分分合合，经历了我所认为最坎坷的感情之路。可能算不上什么好的爱情，却在我心里一直绵延，像轮换的四季，像交替的昼夜，从不间断，从不停歇。

一段感情，可能自己没有办法去评述它的好坏。

爱的时候，它像一杯陈年的老酒，浓烈、芳醇；亦像一张五彩的油画，鲜艳、灵动。

不爱的时候，它可能像极了一杯平淡的水，单调、平常，但却从心底知道，自己需要它。

我常常会想，自己想要拥有的爱情究竟是什么样子？

我想，爱情可以和时间赛跑，希望爱能长于时间，爱可以活得比时间还久。

我想，爱情可以简单，抛去繁杂的欺骗、背叛与不安，希望爱只是爱。

我想，爱情可以是一场不散的筵席，应了此场，再赴下场，希望每一次的欢宴，坐在我对面的人都是你。

对于这个世界，我渺小得微不足道，但你是不是真的知道，如果舍弃了我，此生就再不会有第二个我。

后来，我们来到了不同的城市，我们开始了不同的生活，我们在不同的交际圈中忙碌而平静地活着，再后来，我们没有了后来。

其实，很多年来，内心一直是不够虔诚的，总是不太相信那些冥冥中注定的一些事情，总是不愿相信所有的因果皆由命中注定。只是，渐渐地，经历过那么多的悲欢离合，面对过那么多的得到失去，于是，开始相信，有些东西、有些人或事，不管你如何挣扎与试图改变，最终，还是不得不面对早已注定的结局。

于是，开始相信，所有的得失、所有的疏离，皆有因果，无力挣脱。

时常在深夜里醒来，望着城市的灯火在窗外寂寞地飘荡，很想找个人问问，红尘路上，自己扮演着究竟是个怎样的角色？是悲是喜、是美是丑、是善是恶？可是每一次，漆黑的夜都只是沉默地转过身去，给了我一个冷冷的背影。

我们终将在时光中陌生，好似不曾相识。不得不说，这是一种很悲凉的结局。

想起这尘世，最为美好的，该是远远想象着而又无法触及的东西。因为遥远，所以珍贵。又因为遥远，所以越来越陌生。

是不是那些美好的过往，那些动听的誓言，终有一天，也将会如挂满枝头的花瓣般枯萎凋谢，直至零落成泥……

人生有时候，总是很讽刺，一转身，可能就是一辈子。

于是，各有各的生活，各自爱着别的人。

曾经相爱，现在已互不相干，即使在同一个小小的城市，也不曾再相逢。

某一天某一刻，走在同一条街，也看不见对方，先是感叹，后来是无奈。

也许你很幸福，因为找到另一个适合自己的人；也许你不幸福，因为可能你这一生就只有那个人真正用心在你身上。

很久很久没有对方的消息，也不再想起这个人，也是不想再想起。

如是，我们，终于在时光中陌生。

04 / 谢谢你离开我

有一天，你会感谢离开的那个人，是他的离开，让你找回自己。

动情时分 EMOTIONAL MOMENT ○○○○○○

她和他牵手逛街时，正好被老师撞见，他迅速地甩开她的手，她心里一片薄凉。

分别和老师谈完话后，他对她说："我们不合适。"

她问："哪里不合适？"

他答："咱俩成绩差太远，不可能考到同一所大学。"

她本来想咆哮说："你能找个好点的借口吗？"但自尊心却让她说出口的是："对，确实不合适。"

后来她便发奋读书，她发誓要以一个最高傲的姿态站在他所考上的大学里，然后把他追到手，再狠狠地甩了他。

她终于和他在同一水平成绩时，她忽然发现，自己心里除了他，还有很多新鲜美好的东西。她选来选去，最终选了一个自己喜欢的学校，而他选的那个学校，她自始至终都没有看一眼。

她自言自语地说："冷漠的爱人，谢谢你曾经看轻我，让我不低头；谢谢你离开我，让我更勇敢地生活。"

○○○○○○

第一次爱上的那个人，我们总以为会和她在一起一辈子的，直到有一天她说走就走了，情说断就断了，说不在就不在了。

你会说："我还没有明白一个人为什么会爱上另一个人，马上就要早早研究为什么人会不爱一个曾经那么爱自己的人呢！"可是你应该不知道，在将来的某一天，你应该感激那个深爱过，而后离开你的人。

谢谢他离开你。

谢谢他离开你，让你会遇到真心想要和你好的人。

谢谢他离开你，让你能歇下来思考自己想要的到底是什么。

谢谢他离开你，让你可以好好地爱自己。

谢谢他离开你，让你在半夜想他的时候，不用那么期待，也不用觉得夜晚那么漫长。

无论你有多好，总会有不珍惜你的人出现，幸好，到了最后，所有不珍惜你的人都会成为过去。

那些年，我们不懂得爱，却愿意为了喜欢倾尽所有。曾经很想拥有一个人，感谢他为自己所做的一切。那一刻，也许是感动，也许是感激。然而只要冷静一下，这种感觉转瞬即逝。感觉是靠不住的、难以长久的，虽然一切的深爱都是从感觉开始的。

我们这一生，可以爱上超过一个人，却最终与一个人相伴终老。对那些留不住的人，其实你完全可以潇洒地转身，不再回头。

说走就走，是人生最华美最奢侈的动作，也是最灿烂的自由。总有一天你会面对过去相同的微笑，你会感谢离开你的人。

他配不上你的爱、你的好，还有你的痴心。他终究不是命定的那个人。幸好他不是。

离开，原本就是爱情、人生的常态。那些痛苦增加了你人生的厚度。有一天，你也可以微笑着转身，你就会知道，你已经不一样了。

爱情终究是一种缘分，经营不来，我们唯一可以经营的只有自己。珍惜眼前人，便是最深情的一种经营。谁年轻的时候没有犯过傻、耍过疯，没有不顾一切地爱上过几个人，但是都过去了。

人的一生当中真的应该感激很多人，不管他给你带来的是伤痛还是欢乐，他曾经来过你的世界，你们就是有缘的。

他让你知道，为了爱的人，你可以变成一个更好、更优秀的人。

事实上，只有你强大了，才会遇到比你更强大的人；只有你变好了，才配得起更好的人。

有些爱的确只是个过程，他在你的生命里出现，是为了让你茁壮成长，让你学会珍惜和付出，让你终于知道，在感情里你想要什么。

他们总会给你一个让你接受的结果，他们来了，就不要怕爱情的转折，失去了一个不爱你的人，也是好事。

一切都是必然，一切都是历练，一切都是缘分。与其说忘记了，不如说释怀了，如果时间都无法让你忘记那些不该记住的人，那么我们失去的岁月又有什么意义呢？

感叹青春不再回来的同时，我们终于可以面对青春岁月遇见的一切，然后淡忘，然后成长，然后继续生活。

终于不用因为一句争吵，来扰乱你本来安静的心情，不用再担心一个不关心你的人过得好不好。

那些与我们擦肩而过的人，谢谢他离开我们。

05 我不说，你不懂，这就是距离

草在结种子，风在摇它的叶子，我们站着，不说话，就十分美好。

动情时分 EMOTIONAL MOMENT

他们交往有一段日子了。这天，他带她来到一家餐厅。

他问：“你要吃什么?”她不语。

他问：“你要牛排吗?”她不语。

他问：“你要什么饮料?”她还是不语。

终于他按捺不住，说：“怎么不说话?”

她开口：“这么长时间了，我只是想看看你懂不懂我。”

○○○○○○

每当你说“没事”的时候，心里或多或少都藏着点儿事。懂你的人会懂，不懂你的人，你也不用太在意。懒得解释，也不需要去解释，就对自己说“忘了”。

开始的时候总是甜蜜的，后来就有了厌倦、习惯、背弃、寂寞、绝望和冷笑；曾经渴望与一个人长相厮守，后来，多么庆幸自己离开了。曾几何时，在一段短暂的时光里，我们以为自己深深地爱着一个人，后来我们才知道，那不是爱，那只是对自己说的谎。

其实你喜欢一个人，就赋予了他伤害你的权力，一份感情不会只有甜蜜，也不会只有争吵，也许平平淡淡才是最真的，而我觉得一份对的感情，就是不管怎样吵架，你都知道最后他一定会回来。

一句对不起，让你们的爱败给了时间、败给了距离。或许时间和距离都是借口吧，不爱了才是真正的理由。如果你不爱她，就告诉她。不要那么多的理由，也不要那么好听的借口。不要欺骗她，更不要在你明明准备离开的时候还假装爱她。

你说你害怕伤害她，可是为什么不说实话？还是说你害怕有些话说出口就没有后路了？

要走就走，不要想着将来有一天还能回来找她。

总有一天受伤了，会想起之前她的好。

等到失去了、错过了，就会想之前是哪里做得不好了，就发现很多以前被忽视的细节，就很想把之前的那个人再爱一遍。

总以为她爱你就是你全部的筹码，不管怎么闹怎么吵，最后她都会回来。总以为她爱你比你爱她多，这样自己应该不会太难过。可是到最后，离开的是她，难过的是你。

如果刚开始，两个人的感情不是平等的，那么很容易出现一方的感情递增，另一方的感情递减。可能一方爱得越来越深，另一方却怎么也难以喜欢，然后分开。

又或者，她对你好你不在乎；她担心你你不在意，慢慢地，她就把你放低了，而你却习惯了她所有的好，等到她厌了累了走开了，你才后悔才发现自己比想象中更爱她。

所以到最后，分手的原因变成了“我没有想象中的那么爱你”。

你知道相爱的两个人就像是左右耳机，一起分享美好，不说话，不交谈，并不代表不关心，可是却忽略了这样会太容易缺乏安全感。

她难过的时候希望你陪在她身边，她需要你的时候期待你给她回个电话。如果她喜欢的你总是对她无所谓，她伤心的时候你总是不在身旁，她难过的时候你总是忙着自己的事情，那么慢慢地，你就变成了那个她虽有不舍却不得不离开的人了。

岁月是神偷，你们谁也回不去了。

其实太多的时候我们把那个人想得太好，把自己想得太卑微，总以为要花很长很长时间才能忘记，总以为要用很大很大的决心才能陌路。

可是仔细想想，去年的今天。我在不一样的城市，背着不一样的书包，留着不一样的发型，走着不一样的路，想着不一样的事情，有着不一样的心思，谁说改变需要十年呢?

忘不了的扔不了的回不去的就放在心底吧。也许你遇见她的意义，只是和她告别。

06 不打扰，是我最后的温柔

关于你我之间的结局，如果这样还不是最好，那怎样才是最好？无非是你住静谧河滨，我住寂寞城堡。

动情时分 EMOTIONAL MOMENT ○○○○○○

他一直在她身边，看她被那个她爱的人甩了以后，又换了几次恋人。

终于有一天，他看不下去了，向她表白了，可是她拒绝了，然后消失了。

多年以后，他要结婚了。

闺蜜问她："你真的没有爱过他？"

她说："我爱他。"

闺蜜不解地问："那你怎么没答应他?"

她说："因为，我已经不配了。"

○○○○○○

我想你，但只是想你而不打扰你。喜欢静静地想你，放上一段优雅的音乐，沏上一杯淡淡的花茶，捧着一本厚厚的小说，在字里行间寻找你的影子。

你的身影很模糊，你的脸庞很朦胧，但这并不影响我想你的情绪。

我没有很想你，只是在高兴的时候会想起你，你是我第一个想要分享的人；我没有很想你，只是在不高兴的时候会想起你，你是我第一个想要倾诉的人。

我没有很想你，只是在听歌的时候会突然想起你，不为什么，只因为那歌词里写的好像我和你；我没有很想你，只是在看书的时候会突然想起你，不为什么，只因为那书中的男女主角好像我和你。

我想你，但只是想你而不打扰你。想你，却害怕让你知道，所以不敢也不会打扰你。

只有把你的信息藏在心里，想你的时候把它们翻出来慢慢地看、细细地品，然后就不停地偷笑。

在每个寂静如水的夜晚等你的信息，等来了，心里是一阵莫名的激动，不想让你知道我的心情，只有压抑着满怀的高兴给你发去淡淡的问候、淡淡的玩笑、淡淡的吵闹。等不来，就只有带着一丝淡淡的惆怅在半梦半醒中睡去。

丢一叶纸片，看它在空中旋转，转出地老天荒。记忆撒落一地，却悄无声息，是谁拾起，又残忍地丢弃。

道不清思绪，想放弃，又舍不得将你忘记。有那么一个你，一直住在我心底。不打扰，可我对你的思念一直在延续，就如那海，无边无际；就像那天空，宏大而无声。

在没有你消息的日子里，只有拼命地找寻你的点滴，装作若无其事地打听关于你的一切，然后竖起耳朵听他们说着你的点滴，把这些点点滴滴全都刻在脑海里。

不知不觉，又是一年光景，只是可惜，我再也遇不到你。

我知道，我们回不去的，时间已经把我们带走了，怎会带我们回去呢?

我知道，我不该老想着用誓言牵绊你，不该抱着回忆不肯放，不该夜夜哭泣，闹什么失眠。

我知道，我不该为了你等待，不该错过那些风景，不该让那些你给的绝望伤害自己。

时间让我知道了太多年少时不知道的东西，然后我变了，没了那时候的天真、欢笑，以及不顾一切的勇敢。

我沉默了，我的勇敢去了哪里？是不是我不小心丢在了那些过往里？

我害怕的太多太多了，这一切都是因为你。

我不会再去触碰那些不该触碰的东西了，我要让它藏在心里，不深不浅，不轻不重。

其实，伤害我最深的那个人不是你，一直都不是你，而是我自己。是我自己逃离现实，是我自己抓着过往云烟不放，是我太爱了，所以你的不经意也可以伤害到我。

还好，你变了心，还好，你爱上了别人，因为我怕，怕我给不了你什么，怕参与你的未来，那个没有我的未来。

在最美的年华里遇见了你，犹如一段花开，又接着一段花落。这是一段宿命，是一次重生，那些在指缝间流淌不动的旧时光，到底要沉淀出怎样的辛酸与苦涩？

和你分开之后的日子，过得异常缓慢。在这青山绿水之外，在这看似明媚的生活中，回忆着我们曾经失去的，或者现在拥有的一些零碎的往事。

到最后，会拼凑起怎样的人生？我不敢想。流年紧锁，素白的记忆，终究是浮华的，于是，将那些不为人知的疼痛慢慢包裹，将所有柔弱轻轻拾起。

有多少人可以一路相随，到世界的尽头？有多少人可以一路牵挂，走过千山万水？有多少春花秋月，能够读懂时光的微凉、季节的轮回？那一抹心间的苦涩，又在谁的眼眸中唏嘘、揣测？

还好，我只是想你，不会打扰到你。这，或许是我最后唯一能给你的温柔。

07 / 繁华褪尽，人比烟花寂寞

这一辈子，真爱只有一回，而后即便再有缠绵的爱情，终究不会再伤筋动骨。

动情时分 EMOTIONAL MOMENT ○○○○○○

十年前，他对她说："我永远不会对你变心的。"

八年前，他对她说："你等我，有一天有钱了我就娶你。"

六年前，他对她说："你等我，等我办完这件事情，就娶你。"

四年前，他对她说："对不起，我必须要完成这笔投资，然后再娶你。"

两年前，他对她说："你能帮帮我吗？我一无所有了。"

前一天，她去监狱看他。

他悲伤不已，对她说："你等我，我出来后一定娶你。"

她寂静好久才说一句话："十五年前，你已经说过了……"

○○○○○○

每个人心中都有一个不为人知的角落，在这个角落里，也许堆满了不愿触碰的忧伤，也许是一个难以启齿的悄然的梦，再或者，也许是曾经的不愿提及的错误和悔恨……

在这个角落里，我想，应该是尘埃密布的吧！因为那些上了锁的封存的记忆，就安静地躺在时光里，如果没有触景生情，也许，我们一辈子都不愿再去触碰。

在这个角落里，我想，那些上了锁的记忆，却又都是鲜活的吧！因为时光可以流走，记忆却可以永恒。一些人、一些事，仿佛定了格，在我们柔软的心底，永远是挥之不去的风景。

并不是刻意要保留这样一个角落，而是当痛苦和忧伤无处安放，我们需要一个让灵魂解脱和安静的地方。

不喊痛，不一定没感觉，是痛太深，淹没了所有的回声。

很多人心中都有一道暗伤，这个伤口不轻易对人显露，而自己也不敢轻易碰触，总希望掩藏在最深的角落，让岁月的青苔覆盖，不经雨露，不见阳光。

其实，不是没有伤，也不是没有痛，或许伤痛太深，才更懂得回眸处应学会将心隐藏，相对于泪雨飞扬，更倾心于云淡风轻。

确实，生活里有很多人事转瞬即逝，像一场华丽的舞会，刚刚还相依相偎，转眼已杳无踪迹。

曾经相爱的人缘分淡了、散了；曾经相守的人困了、倦了。于是，这世界上便有了分离，便有了太多的恩恩怨怨、痛苦甜蜜，便有了劳燕分飞、各自天涯。

一些事，一些人，握住的，流逝的，走散的，我们真的无法改变，也无力去改变。

思念是没有方向的风，吹散了岁月的痕迹。凌乱的舞步，走过漫长的四季，在温情的日子里涅槃成诗。即使不能紧紧相依，也期盼有相互靠近的机会。

渐行渐远的脚步，寸寸如伤的情感，在心与心疲惫的夹缝中，丈量出一种叫距离的殇。

一个人一生中至少该有一次，为了某个人而忘了自己。可是，生活中，偏偏这个人我们遇见了，却来不及相识；相识了，却来不及熟悉；熟悉了，却还是要说再见。

爱情于我们，仿佛一个懵懵懂懂的梦，梦里哭，梦里笑，

残忍地想要别人一起承受。我只是不想以后你痛得更深。

我只是疲于再去猜心，猜一个人爱不爱我，抑或猜我在你心中的地位，你到底在不在乎我。

再多的人喜欢你，也比不上一个你真心去爱的人。与此同时，接受一份自己能确定的爱，该是多么幸福的事情啊！所以我爱着你的时候，总希望你也能给我回应。

你以为我爱逃避，我想说，有些事情与其面对，不如逃避。与其让自己承担未知的风险，不如就这样过着，也挺好。两害相权取其轻。

你以为我总是骄傲，我想说，那是我改不掉的。对别人卑微，不自觉地加大了自己受伤的可能性。一直骄傲，哪怕一个人，也不会难过地躲起来。

你以为我只是怕疼，我想说，疼痛过后的冷清才是最可怕的。总以为记得疼的滋味，便会一直放松，只是每次的疼都不雷同。

后来的我，还是会在无意间想起些许关于你的细节，竟也模糊了记忆。

如果能够预知我会有疯狂想你的一天，我一定不会转身离开。其实我忽略了，是你先松开了手。

请原谅我不能再停留在原地，去期盼你的身影，我们毕竟是无可避免地错过了。留下的，是那不逊于夏季温度的回忆。

09 ╱ 错过，我们都有过错

爱情里的过错，总是双方各执一词。爱情不像一场辩论，会有一方是胜出者。在爱情里执着于辩个对错，就已经错了；在爱情里要争个输赢，就已经输了。

动情时分 EMOTIONAL MOMENT ○○○○○○

争吵了很久，男生和女生到了分手的边缘。

男生放开女生的手，说：“咱们就到这儿吧。”

女生强忍着泪水说：“咱们最后合个影好吗?”

男生默许。女生颤抖地举起手机照了一张半身照，照片里她傻傻地笑着。

男生问：“你怎么笑得那么开心?”

女生说：“因为三年前你说我照相时总是面无表情，以后我们的结婚照会不漂亮，所以我一直练习微笑，为了咱们结婚那天。”

○○○○○○

错过了花开的季节，可以等待下一年的姹紫嫣红。错过了看雪的日子，可以等待下一次的白雪飘飘。

可是错过了一段爱情，它就不会回来了。也许这是命运的捉弄，总是事与愿违。

在茫茫人海中，相识、相知、相爱，直到分开，也许不需要多久，因为爱上一个人，也许只是那么一瞬间的事。别怀疑这个世上存在一见钟情，存在命中注定，存在宿命。

当感情来临的时候，会不知所措吗？害怕失去吧！我是这样的，所以，我错过了。感情里，没有谁对谁错，每个人都要学会成长，而不是一直停在原地。

物是人非，这四个字最适合诠释分开后的感情，要学会接受，学会让自己成长。曾经我们也怨过，但现在知道，原来错过，我们都有过错。

当处在幸福的转角，也许是我没有好好把握，也许是我们都把握不住，爱本就是个泡沫。

我们已是陌生人了，无须再有任何感觉了。人生短短几年，在遗憾开出花朵时，我们会不会明白所有的事情都将只是一个故事？而我们是否会真的对这份感情完全释怀？在偶然相遇的那一刻，我们是否不再激起一丝丝涟漪？

不断在错过中来来去去，一直以为自己想要的其实很简单，不过是一场淋漓尽致的大雨，浇透自以为勇敢的心。一直都很勇敢地去面对人生，保持微笑去面对每一天，总以为自己是坚强的；倔强是一种本能，快乐是一种需要，思念是一种原罪。

也许一场大雨，错过一天阳光；也许一次停驻，错过一路风景；也许一席酒醉，错过一夜好梦；也许一个号码，错过一个老友；也许一段暂离，错过一次来访；也许一个转身，错过一段邂逅。

错的时间遇到对的人，可能会错过；对的时间遇到错的人，注定要错过 。

寻寻觅觅中，回首千遍。不停地遇见、错过，再遇见、又错过。

当曾经珍爱如生命的人即将形同陌路时，才恍然大悟，曾经以为的天长地久，其实只不过是萍水相逢。

我们是不是变得太懦弱——该面对的时候掉头就走，本应坚持的时候突然狠心放弃。为何烙了一身伤口，我们是不是变得太懦弱？该解救的时候却一再沉沦，本来相濡以沫，却变成寂寞。

不是所有的有情人都终成眷属，这个世界不是有了爱一切问题都可以解决，从相爱到相濡以沫是条艰辛的路，稍有不慎便会分道扬镳。

不要浪费爱，爱是会耗尽的，一辈子找到一个相爱的人不容易，请用心珍惜。

如果分开了，不要埋怨事实的残酷、人类的卑微、命运的可笑……错过，我们都有过错。错过每一站的爱情，都是为了迎接更好的自己。（依衲）

| THREE | 谁先爱了，谁就输了

○○○○○○

“爱一个人，到底是什么感觉?”

“感觉好像突然有了铠甲，也突然有了软肋。”

01 / 你不爱我，我不怪你

人一生会遇到约 2920 万人，两个人相爱的概率是 0.000049。所以你不爱我，我不怪你。

动情时分 EMOTIONAL MOMENT ○○○○○○

“我喜欢你”这句话，男孩儿对那个女孩儿说过三次：

第一次是高中的时候，他们是同学。

男孩儿坏笑着说：“我好像喜欢你。”

女孩儿害羞地说：“想抄作业就明说，我不介意的。”

第二次是毕业后，他们是同事。

男孩儿偷偷地说：“我果然喜欢你。”

女孩儿严肃地说：“想找我帮忙就明说，我不会介意的。”

第三次是婚礼上，她是新娘，他是伴郎。

男孩儿温柔地说：“我还是喜欢你。”

女孩儿微笑着说：“想多喝几杯就明说，我不会介意的。”

○○○○○○

每个人都有一个死角，自己走不出来，别人也闯不进去。我把最深沉的秘密放在那里，你不懂我，我不怪你。

每个人都有一道伤口，或深或浅，盖上布，以为不存在。我把最殷红的鲜血涂在那里，你不懂我，我不怪你。

每个人都有一场爱恋，用心、用情、用力，感动也感伤。我把最炙热的心情藏在那里，你不懂我，我不怪你。

每个人都有一行眼泪，喝下的冰冷的水，酝酿成的热泪。我把最心酸的委屈汇在那里，你不懂我，我不怪你。

每个人都有一段告白，忐忑、不安，却饱含真心和勇气。我把最抒情的语言用在那里，你不懂我，我不怪你。

你永远也看不见我最爱你的时候，因为我只有在看不见你的时候才最爱你。同样，你永远也看不见我最寂寞的时候，因为只有在你看不见我的时候，我才最寂寞。

也许，我太会隐藏自己的悲伤；也许，我太会掩饰自己的伤痕；也许，你眼中的我太会照顾自己。所以，你从不考虑我的感受。

你以为，我可以很迅速地恢复过来，有些自私的以为。

从阴雨走到艳阳，我路过泥泞、路过沼泽，你不曾爱我，我亦不曾怪你。

爱情对于每个人都应该是自由的，所以，你若是不爱我，就说不爱我。

愿意你看清我的全貌，没有丝毫掩饰，没有丝毫伪装。好的，坏的，任性的，不善良的，骄傲的，懦弱的，逞强的。

我不会对你隐瞒，因为爱需要坦诚。

不是你，还会有别人爱我，我并不一定非要你不可。总会有那么一个人，看穿了全部的我，依然为我等候，等到有一天恰逢我的花开。

我知道爱不能勉强，我不会要求你接受全部的我，除非你愿意。

我会在以后遇见谁，有怎样的对白，有怎样的际遇，这些都不是我或者你可以决定的。

可能以后的我离开了你，也一样可以有美好的爱情。也会有人用生命来爱我，包容我所有的不好。

我并不遗憾，我和你的相遇无法相守到永久。所以，你若是不爱我，就说不爱我。

可能我会伤心、会难过，但我总会好起来的。爱情有时候就像买彩票一样，不是每一次都能中奖。

别把我想得太脆弱，我需要的不过是你最真实的答案。爱与不爱不该是无尽的欺骗，我只要你最真诚的话，别怕会伤害我。所以，你若是不爱我，就说不爱我。

别让我在你身上放太多的关注，也请你不要对我过分地装出温柔，没有爱的温柔是最伤人的利器。你没有义务总为我擦眼泪，如果你不爱我。

我并不会埋怨我等的那个人一直不来，因为总有一天花会开好，我会恋爱。

你若是不爱我，就说不爱我，我不会怪你。

因为爱没有错，因为不爱可以被原谅。

02 谢谢你的微笑，曾慌乱过我的年华

你以后会明白，如果世界上曾经有那个人出现过，其他人都会变成——将就。

动情时分 EMOTIONAL MOMENT ○○○○○○

男孩儿牵着女孩儿在雪天里走着。女孩儿越来越不耐烦，不停地用手扫掉头上和衣服上的雪花。

女孩儿问："我都说分手了，还带我去哪儿？"

男孩儿说："最后陪我走走吧。"

女孩儿问："你不冷吗？"

他摇头说："怎么会？"

女孩儿不再说话，只希望路快点走完。

后来，放开手的刹那，他差点落泪："我总喜欢在雪天里牵着你走，因为一不小心，我们就可以一起白头。"

○○○○○○

当你喜欢我的时候，我不喜欢你；当你爱上我的时候，我喜欢上你；当你离开我的时候，我却爱上你。是你走得太快，还是我跟不上你的脚步？

幸福在这城市的某一个角落，而我却迷失了方向，慌乱地在这城市中穿梭寻找着。看着我们之间的缘分，在我们脆弱又濒危的感情世界里消失殆尽，留下苍白而无力的回忆。

不是我忘不了，只是那些记忆太过刻骨；不是我放不下，只是那时的纯真美好让人不舍。梦已经破碎了，我还牢牢地抓住那破碎的记忆不放，我知道时间不会为谁而停留，只是你带走了一切，为何不连我的心也一起带走？

初阳明媚，犹如那是夏末时留下的沉默不语，可惜，我却错过了那个爱笑的你……

灯光再亮，也照不清回忆中那张模糊的脸，曾试图努力抱紧，却发现你如阳光般的温暖流逝于指缝，蹉跎岁月淡忘了我的痴情呓语，徒留我在夜静时分暗自神伤。

我一直静静地在你身后，而你却视而不见。曾渴望你了解，忽而发现现实的你陌生如初见。与你对视，礼貌微笑，接着一如平常与你擦肩而过。直到迈出很远，才念起，转身，却只能握住你遗留在岁月里的身影。

幸福这东西，一点儿都不符合牛顿的惯性定律，总是在滑行得最流畅的时候戛然而止。回首间，你依旧笑靥如花，而我只剩无尽的狼狈和眷恋。

我们之间的过往，像一张老旧的电影碟，在一个无人的晚上，我总是喜欢安静地拿出来自己看。选择一个好姿势，或许慵懒地躺在沙发上，或许拿来一个小板凳，抱着膝盖。不需要上妆，不需要虚伪的笑脸。电视机的光照亮了整间屋子，却照不进心里的小角落。

一个老套的剧情：男主角转身离开，女主角哭个不停。

电影就这样结束了，像是雪地里的一排脚印，一直延伸到看不见的远方。

留一段时光给你，留一段回忆给自己，我不是带你回到悲伤的过去，我只想告诉你，既然过去了就过去吧，未来一样光影绚烂。没有人能回到过去，时间也不会止步不前。

身边的人来来去去，渐渐地我开始坚信，他们的出现是为了教会我一个道理：有些人只能做生命中的过客，还有一些人会留守一辈子。

我也曾幻想，幻想我们还会遇见。或许在城市的一个角落、一间咖啡厅、一家酒吧，诸如此类。只是我们已不认得彼此，又或者与爱情无关，只是寒暄。

我这才知道，原来一不小心把一个人丢到人海，便再也找不到了。

在熙熙攘攘的人海之中，我大喊过的名字，我再也见不到一模一样的人。就算是相似的眉眼、相似的感觉，再也找不到相同的笑脸。

后来，我改掉了自己的任性和倔强，没有那么诚实，却不会像一只刺猬，在拥抱时去伤害别人；后来我总算学会了如何去爱、如何去珍惜。

后来，又有很多人来过我的生命中，直到现在，我还没让他们离开；后来我知道谁对我好、谁对我不好、谁的好我之前曾遗忘过……

后来，我再未奢望“如果”之类的事情，也不再幻想有一模一样的男孩和女孩，曾像我们那样相爱过。

03 可不可以再骗我一次，说你也曾爱过我

相信你只是怕伤害我，不是骗我，相爱过，谁会舍得？

动情时分 EMOTIONAL MOMENT ○○○○○○

男孩儿喜欢一个女孩儿很久了，女孩儿则有很多很多的追求者，不过最后，女孩儿还是选择了男孩儿。

生日宴会，相聚甚欢，男孩儿问醉醺醺的女孩儿：“你为什么会选择我？”

女孩儿醉醺醺地答：“因为你有钱。”男孩儿沉默。

酒醒后，女孩儿有所悔悟，连忙问男孩儿：“昨晚你是不是问我个问题？”

男孩儿点头，说：“我问你为什么选择我？”

女孩儿追问：“那我是怎么回答的？”

男孩儿微笑着说：“你说因为你爱我。”

○○○○○○

我爱的，是你爱我，正如在十四亿人中，你我在冥冥之中相遇；我爱你，正如在茫茫人海中，不偏不倚地不期而遇。

我不太清楚什么是爱，我只知道，在那个朦胧的夜晚，在那个害羞的月亮底下，你说了一句“我爱你”。

很久很久之后，我还常常想起那个夜晚，想起你说的那句爱我。痛已经释怀了，记忆也冷静了，可是一个声音还在我内心深处呼喊，它让我问你：“可不可以再骗我一次，说你爱我。”

最悲哀的一种分手，不是双方轰轰烈烈地吵一场，不是大打出手，也不是一方移情别恋，最悲哀的分手是无声无息地分手。面对这样的结局，我能做的或许只有接受现实，也只能轻轻地说一句“谢谢你曾经爱过我”。

你走之后，我像一只受伤的鸟，不能飞翔。看见有人想接近我，我会误认为，他是为准备伤害我而来的。所以我时刻准备着反击，用我的全部生命去抗拒。

不得不承认，爱已走远了。你已经远走，昔日的美丽始终成不了今日的延续。只是我还是不明白，为何当初你说要在一起，却在还未开始时就草草收场，在还未结束时就匆匆落幕？

我们都是这段故事中的主人公，却为何我找不到自己的位置？难道这只是你和我开的一个玩笑吗？只是你一时兴起所编排的一出戏吗？还是我本不该出现在你的生命里，抑或我错入了一个不属于我的领域，在错误的时间遇到你、爱上你，这终究还是一场梦，是吗？

亲爱的，你的眼神、你的话语让我心痛。我尝试了很久，可是我真的无法做到少爱你一点儿。给我一个后悔的借口，给我一个放弃你的理由。

在夜深人静的时候，那些喷涌而来的情绪是如此轻松地将我吞噬。我知道，我们之间没有以后。可心里还是受着疼痛的唆使，生硬地造出了期待。

借着这份期待的力量，我想告诉你，我是怎样的爱你！

我用我灵魂所能达到的极限来爱你，就像在黑暗中感受生命的尽头和上帝的恩惠。我爱你，是日光和烛焰下最基本的需要。

我无拘无束地爱你，就像鸟儿青睐着天空；我无比纯洁地爱你，就像诗人因为美好而陶醉。

可不可以再骗我一次，说你还爱我；至少，说你也曾爱过我。

我明白，一切都结束了。有些人、有些事错过了，就会永远地错过，没有回头的可能。尽管常在梦里看到想要的结局，我知道那是潜伏于心灵深处的遗憾。

不管你有没有爱过我，都让我明白：不爱你，比爱你要难一百倍。

忘记你我做不到，当然我也没有权力去要求你，像我记住你那样记住我。所以我走了，以后你的身边不会再有一个笨笨的我，于你而言，会是解脱还是释然?

爱，不能以距离来论深浅。与你近在咫尺，却不愿让你知道我曾来过；与你远隔天涯，一样会在你最需要的时刻出现在你面前。

无论咫尺与天涯，你都在我的心里。你知，或者不知，爱，都在那里。

04 我只知道我爱你，却不知道如何爱你

很爱你，却不知道该如何靠近你，所以觉得离开是可以的，并没有什么不同。结果反正都是这样，是好是坏都不重要，重要的是我迷恋你。

动情时分 EMOTIONAL MOMENT ○○○○○○

女孩儿偷偷地喜欢男孩儿长达四年，收集关于男孩儿的一切，她喜欢男孩儿低头的样子，看见他和别的女生在一起会生气，她也写过无数次情书。

只是，这一切男孩儿不知道。

男孩儿和女孩儿在朦胧的情愫中，走在平行线一样的人生路上，然后渐行渐远。

若干年后，男孩儿和女孩儿早已不在一个城市，女孩儿在婚前却收到了男孩儿的礼物，是她不小心遗落的一只耳环。

另有一封男孩儿的信，只有短短的一句话："我把青春耗在暗恋里，却不能和你在一起。我只知道我爱你，却不知道如何爱你。"

○○○○○○○

你可以沉默不语，不管我的着急；你可以冷若冰霜，不顾我的焦虑；你可以将我的关心，说成让你烦躁的原因；你可以把我的思念，丢在角落，不屑一顾……

你可以对其他人微笑，你可以给别人拥抱，你可以对全世界好，却忘了我一直在爱着你。

你做什么都可以，都不过是仗着我爱你。而这，竟是唯一让我变卑微的原因。

你是我暗恋已久的人，这样的感情我一直小心翼翼地守护着，不知道是天意使然，还是命运的捉弄，我们之间的懵懂爱情，在不经意间被挑破了。于是，我像风一样向你袭来，而你也张开双臂将我环抱。

只是明明在一起了，你却还是那样不咸不淡。我怕一不小心，你就忘了我在爱你；一不小心，我们之间的感情就被时间冲淡了。

你说你喜欢我，我一直不敢相信。一起走在街上，我多希望你牵起我的手，可是你没有；一起坐在公园里，我多想听你对我说些悄悄话，可是你没有；在分别的路口，我多希望你吻我之后再走，可是你没有……

我会沮丧，当你问我怎么了，我又怎么说得出口？我想主动些，却不知道你愿不愿意。这样的我们，这样的爱情，亲爱的，我该怎样去爱你？

怕你误会，怕你痛，怕你看到嬉戏的话语，让你莫名地生气……所以我只能痴痴地、安静地想你，我静静地只把你一个人拥在心里，我默默地让你一个人在我的梦里肆意。

我本以为这样你就会幸福，你就会与我轻松地在一起；我本以为这样你就会快乐，你就会无拘无束，你就会放心，你就会与我在昔日的甜蜜里陶醉。

可你却对我说，我这样刻意对你，让你感觉到了压力，让你有了愧疚，让你感觉到累……你还说，属于自己的不会远去，强求的幸福、强留的开心，不会长久，也不会真正幸福，你说你只想与我爱得没有压力，你说你只想与我随意地在一起。

也许，当我爱上你的那一刻，我已经选择了一辈子伤痛；也许，当我爱上你的那一刻，我已经选择了一辈子寂寞；也许，当我爱上你的那一刻，我已经选择了一辈子流泪……

在爱上你的瞬间，我以为拥有一生的幸福；在爱上你的瞬间，我以为拥有一生的温柔；在爱上你的瞬间，我以为拥有一生的守候……

是啊，曾经那么坚决地许诺着一切。只因为那一刻，就在那一刻，一个女孩儿爱上了一个男孩儿，真心的、很深很深的爱。

曾经多少次，在安静得几乎停止呼吸的黑夜里，我一直等着你出现。我只是不明白：用一颗水晶心苦苦营造的爱情，怎么换来的只是一句“对不起”。

不是和眼泪说好了不哭吗，为什么那时不听话？ 不是和自己说好要勇敢吗，为什么当时还在颤抖？

也许正是因为背负了太多心愿，流星才会跌得那么重。伤太多，心也有坠落的时候。

而我，再一次发现你总是幸运的， 因为你可以选择爱我或不爱我，而我只能选择爱你或更爱你。

05 / 向来缘浅，奈何情深

多少浅浅淡淡的转身，是旁人看不懂的情深。

动情时分 EMOTIONAL MOMENT ○○○○○○

他和她从小青梅竹马，这次外出打工，也是为了挣钱，盖个新房子，然后结婚。

第一次，两个人携手看都市里的霓虹灯。

他说：“真美，繁华。”

她说：“我还是喜欢咱们小乡村里的星空，静谧。”

最终，他做了工厂老板的上门女婿。

她走了，只留下一句话：“相爱，终究还是亮不过这个都市的霓虹。”

○○○○○○

记忆的梗上，谁没有两三朵记忆的娉婷？有些人，来了终会走；有些情，只是一片浮云。

一枚叶子从眼前飘落，再也寻不到它的踪迹。我选择了与你诀别，隔着光阴的距离，此生便无法再次靠近。

一如你途经了那朵小花的绽放，而那时我恰好莞尔一笑。

如果时间是一条可以逆流的长河，追溯到你我相遇的那一刻，所有的欢乐交织着，所有的悲凄都沉默了。

请相信，是上天让你我相遇，完成一首唯美的诗。在每一个黄昏落日，云霞染红了半边天，亦如你那一张骤然变红的脸。一行行飞雁，带走了一片片落叶，落叶上镌刻着我的思念，寄到你身边。

是否，一见钟情最后会变成自作多情？是否，我还不够优秀，感动不了你？是否，你的心灵已经有了归宿，他能给你幸福？

日子像流水一样，搁浅了一些伤痛。那些忧伤的、欢乐的过往，叫作青春。在没有你的时候，我常常思考，如果你尝试接受我，那现在是怎样一番风景？是不是，我也能让你笑靥如花，让你像个公主般任性而又可爱？是不是我也能给予你想要的幸福？

向来缘浅，奈何情深。我们之间的分离，于我而言，是一种怎样的不舍？就像鱼儿离开了水，终将死亡；就像老鹰失去了天空，郁郁而终。

望着天边的启明星，我却茫然……悲伤汇流成河，思念泛滥成灾。

尘缘已尽，荼蘼花事了；灯火阑珊时，离殇凭谁诉？我在情海中挣扎沉浮，这便是情劫吗？

遇见你，不知是宿命还是偶然，但爱上你却是天性使然。明明知道是错误，明明知道没有结果，还是选择了飞蛾扑火。

苦苦追寻的风景，无法释怀，你不是我的驿站，我却为你驻留，不愿往前踏步，这便是情劫吗？每一个深深的夜，街灯明了，情愁缠绕，舍不得，放不下，这便是情劫吗？

人生若只如初见，你的白裙在四月的烟雨里飘扬，装饰了我最美的梦，即使受了伤，也难忘。人生若只如初见，你的笑颜灿烂了一整个夏夜的天，流萤翩跹。这些美好的回忆便是情缘吗？

你问我为何放不下，我缄默，这种问题就像我问你为何不爱我一样，答案是荒唐。

原来一切都是个美丽的错误，我的一见钟情是那么铭心刻骨，这份芳华是那么欢乐而无助，我只是你生命里的过客，却错误地把你当成我的归人，马蹄声远去，却仍不肯醒悟。

向来缘浅，奈何情深。我是那一只扑火的飞蛾，闭上双眼之前，模糊地看见你离去的身影渐行渐远……在岁月的轮回里，每一季忧伤的恋歌，奏响了离别的叹息。

生命里总有一些相遇注定是没有美好结局的，就像飞鸟和鱼，永远没有交集。

曾经深深爱过的女孩儿啊，多年后若在街头相遇，又会是怎样一番风景？会不会，你的脸上挂满了甜蜜而幸福的微笑？

06 岁月把爱塑成了歌，却让唱歌的人四处流浪

多少人爱你昙花一现的身影，爱你的美貌，以虚伪或真情。唯独一个人，曾爱你朝圣者的心，爱你哀戚的脸上岁月的痕迹。

动情时分 EMOTIONAL MOMENT ○○○○○○

半夜躺在床上，辗转反侧，却找不到理由。

床头的手机突然亮起，我连忙爬起来，以为是你给我发的信息。

可屏幕上只是显示：“剩余电量不足。”

我轻轻一笑。

这么长时间，我还是习惯等你的那一句“晚安”。

○○○○○○

有人说，生命本是一场漂泊的旅行，遇见了谁都是一个美丽的意外。我珍惜着每一个可以让我称作朋友的人，因为那是可以让漂泊的心驻足的地方。

有时候会被一句话感动，因为真诚；有时候会为一首歌流泪，因为自然。

要快乐，不只此时，而是一生！

我的幸福，缠绵在你的谎言中，永远不愿醒来；我的快乐，荡漾在你的柔波里，盘踞在你的心里；我的满足，能够每天融入你的脉动，聆听你的心律；我的心愿，和你一起在甜蜜中徜徉，在艰辛中跋涉，哪怕吃糠咽菜，平淡终老……

我不奢望荣华，不祈求富贵，只想和你走过的地方，都留下我们爱的足迹。

采一点晨曦，装点一天的清新；捧一把阳光，温暖一季的心情。

有人说，错的时间遇上对的人是一场心伤，在对的时间遇上错的人是一声叹息。可我在什么时间遇上了你？是一场没有相遇的开始，也是一场没有结局的忧伤。

生活，原本是没有颜色的，只因为那些所见、所感、所悟，才使百无聊赖的日子变得活色生香。

人，总是无法拒绝回忆的乘虚而入，带着依依不舍的眷恋。驻足，回眸。走远的时光，便会将一切浓缩成点点滴滴的怀念，深藏。

心间的芳菲，欲语还休的追随，念念不忘的印痕，不经意间会撩拨起内心的无限遐想，犹如纷飞的棉絮，弥漫，飘荡，散落。

我们在人海里走散了，之后很久都没了彼此的音讯，于是我只能在记忆的天地里流浪。想起那片荒草地，想起明媚灿烂的笑脸，想起曾一起走过的田野小径……

心，在无处安放的情愫间，似乎又回到了那个曾一起走过的春天，绚烂的百花，香气扑鼻；清脆悦耳的鸟叫声振奋人心；肆意妖娆的嫩芽，舞动着曼妙的身姿，醉了路人的情怀；郁郁葱葱的树林，满眼苍翠的田野；奔流不息的潺潺溪水，似梦幻，似仙境，怎能不勾起我对你的迷恋呢？

我们边走边爱，也试着边走边忘。错落的思绪，一路找寻，一路回味，却还是逃不出宿命布下的局。

我们变成了最熟悉的陌生人，昨日的气息依然那么浓烈，而我却迷失了来时的路，掉进了无底的深渊，只能陷在回望中捕捉残留的辛酸，一遍又一遍地细数那刺眼的累累伤痕。

很想知道，爱与不爱之间是否有一条路，使每个人都能免受伤害地从容跨过？

想与不想间，是否能够洒脱地挣脱，不留丝毫遗憾？

念与不念间，是否能够抛却所有的情感纠缠，保留身心的一份宁静和愉悦？

舍与不舍间，是否有勇气做到不再回眸，坦然接受所有的改变？

纵然过往的岁月中有着太多太多无法解开的结，但是生活还是照样前行；人，依然要面对错综复杂的生活；生命，仍旧延续着，恣意地绽放……

人生若只如初见，何事秋风悲画扇？那些婀娜的记忆，总被凡尘俗世掩盖，渐行渐远，直到物是人非。而雕刻在心灵深处的一些人、一些事，却犹如烙印般再也抹不去了。

07 等待不可怕，可怕的是没有尽头

等待太久得来的东西，多半已经不是当初自己想要的样子了。

动情时分 EMOTIONAL MOMENT

分开多年后再次遇见，她在他面前依旧巧笑嫣然，那种云淡风轻，仿佛她从未对他那样执着过。

可转过身去，她笑容淡去："我虽等不到顽石点头，但自可做那顽石，矢志不移。"

他望着她离去的背影，暗自叹息："原来，还是太迟了吗？花开花谢，我等到自己终于有了勇气，却再也等不到那个只为我笑、只为我哭的你！"

○○○○○○

“等待”是一个美好而又无奈的词语。说它美好，大抵所期待的事情一定是心之所系的、向往已久的；说它无奈，因为一旦说出口，便意味着心中那份美好的期盼并未实现，我们还在寻觅的路上苦苦地摸索。

我曾想过要耗尽我一生的时间，去兑现我们的承诺，或等你归来，或去寻找你在人海里匆忙的身影。可你，却从未给我等下去的勇气。

爱上你之后，卑微地沦落到一无所有。我爱你，注定了一败涂地。

我不想从有你的梦里醒来，还在奢求你的一点儿温暖。于是我结束了对你可怕的、无尽的等待。

一个人走在黄昏的树林里，寻找你曾留下的痕迹。那些枯落的树叶在脚下发出窸窸窣窣的声音，仿佛在呻吟。想问大地：可曾见到你的身影？想问松柏：你可曾给它们披上白色的冬装？如今又是冬季，你可知道寒风的思念吗？

你走了，很久很久以前你就走了，留下我在绿色的森林里、河面上穿梭、寻找、呐喊。

那年冬天，你悄无声息地来了，就像上天派送到我的世界里的最好的礼物。第二年春天，你就走了，悄无声息地消失了，就像你从未来过一样。可你不知道的是，我一直在故事发生的那个冬季等你。

时间流转，春夏秋冬的更替。又是一年冬季，那寒冷的风刮过赤裸的树梢，而你此时又在哪里？

你可曾记得温暖、快乐的过去？你可曾记得你的承诺？你曾说过每年的冬季都会回来和我相遇，而如今，你又在哪里？

难道你忘记了你的承诺，难道你口中所说的“每年的冬季”就只能代表那一次无奈的回忆？难道这永远都是一个幻梦？

走散了的人啊，我就坐在这里低头等待，等待下一个冬季与你相遇，一起品味从前的记忆。

一直在等待的雨中徘徊，一直在思念的风中独步。

等待如雨，似密不透风的骤雨；思念如丝，似系在心尖的血脉。梦中的花香在无声地飘逝，将过往的点点滴滴尘封心底。触及的爱，慰藉的情，仿佛难以穿越的厚壁，阻隔着一个人的相思爱恋。

这等待中的爱恋，也是需要养分供养的。一个梦，一个温馨的祝福，一个温柔的眼神，一个甜蜜的笑靥，一句温馨的软语……足以化解一个人的风雨独行、一条路的孤寂恐慌，可是你的供养是冷漠和死寂。

在每一个思念的夜里，我感觉到的只是等待的焦虑，体味到的只是失望和冷漠。没有尽头的等待，良久的心灵牵挂，没有人知道我在盼望什么，没有人能明了我的牵思，恐怕只有叫“无缘”的精灵能懂。

徘徊在来来去去的回忆中，等待你的爱，等待你的归来。凄楚的夜色，阴郁的天空，在你离开的那一瞬间，均已染上了孤独。不曾想过，在你离去后，我会染上相思，岂料，如今凝结泪水的双眸，成了思念的窗口。

等待若只有瞬间，我愿瞬间之后不再有等待；等待若真有千年，我愿千年之后守护的是天长地久；等待若只是无尽的岁月，我愿带着我们曾经的幸福，穿梭在这灰色的岁月中。

我在冷冷的月光下等待，孤独的身影留下眷恋；我在思念的折磨里等待，点点相思化成无言的泪滴。

我在我的期待中等待，听花儿盛开的声音，看落花入泥护芳草，想山水云间共缠绵；我在宁静的时光里等待，看钟摆敲碎我的灵魂，看分分秒秒逐渐远去，看我们的时光被你剥离……

总有那么一个人让你等待，直到生出了对缘分感到无奈的绿芽。于是你说“我不爱了”，却在听到关于他的消息的时候，心里像被谁狠狠地抽打一样疼。于是我们开始明白，等待和思念一样，不是说停下就能停下的。

08 你不经意说出的话，我却很认真地听了

有时候，你不经意的一句话，会影响我一天的心情。你可能是随便一说，但我却认真地难过了。

动情时分 EMOTIONAL MOMENT ○○○○○○

七年不见，他和她最终相遇在久违的同学会上，席间二人相邻。

他说：“用的什么洗发水？真好闻！”

她愣了下，随即微笑着说：“和以前一样呢！”

七年之前，他曾对她说：“你的洗发水味道真好闻啊！”当时她也只是低下头含笑不说话。随后，洗发水的味道至此不变。

○○○○○○

世界上有两个我，一个假装快乐，一个真心难过。假装快乐，不是因为能得到什么，而是害怕失去继续爱你的勇气；感到难过，不是因为你欺骗了我，而是因为我再也不能相信你了。

我多想拥有一个没有人进入的空间；我多想留住一段没有人爱过的时间！

爱了很久，恨了很久，一个蓦然间的回首，来路已是那么模糊。我多想找回心中那只断了线而且失落已久的风筝！

有时我总是想：能不能不再爱你？因为我苍老疲倦的心，如雨后蛛网般残破，早已不堪劲风的打击。

有时我也想：也许从来就不曾爱你。春天早已过去，花季早已逝去。既然无法结出蓓蕾，是不是就该撒手放弃？

那么我到底该不该爱你？我怎么忍心把我的悲哀揉进你快乐无邪的心里，带你走进泥泞又无法回头的绝路！犹如一滴墨水滴进清纯的水里，纵有片刻的美丽，终究还逃不出混浊的结局。

我想放开手，又怕从此再也不会拥有；我想转身走，那份情又如何割舍得下？

你总是天真地以为，你能把我看得很透彻。其实，我把快乐挂在脸上，把伤痛藏在心里，我的表情可以表达千种心情，但那最伤痛的部分，不是你轻易就能看得到的。

你无心的一句话，不经意的一件事，就是我致命的伤痛。因为你根本不懂爱，也不知道怎样去爱一个人。

不要因为我爱你，你就可以随意地进出我的世界。

也曾久久地徘徊，终于有一天，你用温情带我上路；我随你而去，这时才发现这是一片爱的热土。明月下从你眼中读出的，却是我挥之不去的痛楚。

如果你真的打算推开我这扇虚掩的心扉，你是否已有了足够的勇气？谁能说清，在这一步之遥的门内，或许会让你手足无措、望而却步。

想象中的涓涓流水、鸟语花香，只如海市蜃楼般缥缈，眼前只是一片贫瘠的土地。假如你还没有做好准备，对不起，想回去就回去吧。这不是你我的错，希望你永远都是笑对生活。

别担心我，虽只是你未及细想的一推，我也会给你无尽的感激。

我不忍心看到你的泪水，这将让我在心灵的荒野中无处躲避；而你不经意间的回避，让身单衣薄的我到何处去寻找你的温馨？一些路我们并肩走过，一些故事我们就是主人公，一首歌我们对唱了那么久，永远不变的是心中深藏的对爱的执着。

所以幸福快乐的时刻，总是一半在梦里，一半与你在一起；而心碎的日子，一半在别离，一半是看你离去的背影。

我好想陪伴你，无论是高山峡谷、荆棘丛生，无论有莫测的风、变幻的雨，既然我们的手挽在一起，就不再顾忌；我好想领你远行，即使前方的路满是坎坷，或者步入荒漠，或者走入绿荫，我都做你的同路人……

那么，当春天再来的时候，是不是不必再询问花期？当故事开始的时候，是不是就不必再询问结局？当你和我已经出发，是不是就不该担心风雨……

09／因为不爱，所以都错

当你深爱着的那个人不爱你了，你哭闹是错，静默也是错，活着呼吸是错，死了都是错。

动情时分 EMOTIONAL MOMENT ○○○○○○

他喜欢淋雨，这是她知道的，不过不清楚他为什么喜欢。

后来她说："我们分手把，我其实没有爱过你。"

那个时候的天空，雨下得淅淅沥沥的，他没有说话，径直走进了雨中。

她接着说："你能告诉我，你为什么喜欢淋雨吗？"

他说："我早就知道你不爱我，只有淋雨的时候，你才看不到我的眼泪，才不知道我的难过。"

○○○○○○

当她不爱你的时候，无论过去她是否爱过后来却忘了，又或者是否是从未爱过。当你无法成为她心里的那个人的时候，她的心便不会记得你。虽然她知道你深爱她，但她宁可装作不知道。

你要记住，当一个人不爱你的时候，你做什么都是错的，也都是多余的。

当她不爱你的时候，请不要在你不开心或者是遇到麻烦而彷徨的时候去打搅她。

她那儿绝对不是你此刻应该去的地方。也许她会在接到你的电话时，淡淡地安慰你几句，却也仅此而已。也许你会再想要一点什么，于是说："我们见面吧。"而她肯定心又烦躁了。

当她不爱你的时候，你的爱，你的人，就会显得廉价许多。

你处在下风，她会说："好，不过我现在有点儿事情。晚点儿你再给我电话吧。或者我给你打电话也可以。"而你这时千万不要当真，她只是找了个不是很高明的借口来搪塞你。请不要真的去等，不要骗自己。

当她不爱你的时候，请不要对她讲你的琐事。也许此刻，你不过是希望让彼此更熟悉一些。只是，她已无暇更没有兴趣了解你，你的生活、你的过去、你的长处短处与她又何干？即使讲了，她也会很快忘记的，就如她忘记你的生日、你的地址、你的电话一样。

没有爱，于是你注定挤不进她的生命。即使，你要的哪怕只是一个很小很小的角落。

当她不爱你的时候，请不要在她的面前流眼泪，不要在生病的时候告诉她。她无法给予你照顾和关心，至多是同情一下。请骄傲的你不要放弃本来属于你的自尊。

你要记得，只有爱自己的人，才可以真正地去疼惜你，而不是一个不爱你的人的旁观、同情或怜悯。

当她不爱你的时候，你的爱便是她的负担。请不要去计算自己的付出，不要希望有什么回报。

爱着不爱自己的人，本身便是没有回报的。不要计较对与错，这样会快乐些。要记住，你与她之间的爱，是单方面的，你用心，她无心。所以，你不要怪她。

当她不爱你的时候，请不要失去自己的自信。因为爱一个人，并非她的优秀，而只是一种感觉。她让你有这样的感觉，于是你爱她。同样，她不爱你，也并非你不优秀。优秀不是爱的理由。看看还有那么多爱自己的人，淡淡地微笑一下，告诉自己要释怀。

当她不爱你的时候，也一定要祝福她。有了爱，便不该有恨。爱是美好的，恨却丑陋。何必让生命中最美好的东西化作丑恶呢？

也不要觉得不公平。关于离去，她失去的是一个爱她的人，而你失去了一个不爱你的人，却得到了一个重新生活、重新去爱的机会。

不知道在遥远的将来，你是否会忆起那个曾经为你付出过真心的那个人。每个人心中都有完美的那个人，但是或许她并不属于你……

所以当爱情来临时不要错过，当你们彼此成为陌生人后才会明白：一旦不爱了，所有的都是错的。

请不要将“永远”作为爱的门槛，爱没有永远。你爱的人，只是比你早一步到达了这一天。当她不爱你的时候，请轻轻拥抱一下回忆里的温暖，轻柔地凝视，并且勇敢和果决地放手，感谢对方给予过的温柔。

| FOUR | 爱那么短，遗忘那么长

○○○○○○

我可以锁住心，不去爱别人，可为什么却锁不住忧伤？在长长的一生里，为什么欢乐总是乍现就凋落？为什么走得最急的，都是最美的时光？

01 / 你一笑，曾经让我傻半天

你微笑着，不同我说什么话，而我觉得，为了这个，我已等待很久了。

动情时分 EMOTIONAL MOMENT ○○○○○○

男孩儿喜欢看女孩儿的笑脸，女孩儿喜欢男孩儿的故事，但是他们从来都不敢表白。

“给我讲个故事吧。”女孩儿对男孩儿说。

男孩儿微笑着说：“从前有个男孩儿，喜欢一个女孩儿，他就想方设法接近她，和别人打听她的电话，了解她的爱好，和她搭讪，陪她一起看书，他还偷偷地收藏她的照片……”

男孩儿顿了顿，接着说：“有一天，他把女孩约出来表白……”

“然后呢？”女孩问。

“然后她就让他讲故事。”

○○○○○○

当我是个玲珑少年的时候，对爱情的解读可谓入木三分：爱情就是那让人死去活来的东西，地老天荒忠贞不渝的东西，沧海桑田伴你到黎明的东西。

随着斗转星移，爱情两个字越读越糊涂，借着放大镜，还是擦不亮慧眼。后来，我经历了数不清好日子和坏日子，走过了坦途跨过了坎坷。

现在，我站在没有花开的季节里，总是一不小心就想起你，想起让我傻了半天的一笑。

当我无望地在苍白的时光里哭泣，绝望天天叫着喊着与我切磋，我准备毫无抵抗地举手认输。是你，是你，是你那浅浅的回眸一笑，那让我傻了半天的一笑，把我高贵的魂儿唤醒了，苍白的时光从此就有了生动的颜色。

你的模样在我的脑海里剪辑再剪辑，复制再复制。陪着我走过一个又一个没有星星的夜晚，走过一个又一个风雪交加的日子，走过一个又一个有着尖锐疼痛的时刻……

一个被钢筋水泥禁锢的世界，轻浮的酒香和音乐在上空弥漫。走在这样被压抑的街道，看来来往往的车辆，熙熙攘攘的人流，心也在不停地流浪。在那个名字跟太阳有关的城市，在那一隅小城碰到了你。

望着你，望着你，像一片彩云从我眼眸飘过，比雪花还要轻盈，比春风还要多情，比阳光还要温存。那一刻，我总能生出些许想象，看到的天突然蓝了很多。你动情地向我挥挥手，我的心沸腾着，毫不怀疑这是遇上了天使——我朝思暮念的天使。

我曾想，我是你门前的一颗丑石，不是水晶，不具备星星的光芒，我曾想，我是小河边平凡的垂柳，远不如青松挺拔……

自从与你邂逅，我有了很多卑微的梦，就像种子掉进了土壤里，准备发芽。

脑海里的底片，剪切了再剪切，小镇的霓虹不见了，喧嚣也敛迹了，最后只剩下你比太阳还要明丽的笑脸。

这个时间，我听到了穿过黑夜的花开的声息，我就用平常人的天真想象你，用最简单的思维感知你。这样，我对你的理解与向往透过尘埃，思念是那样清晰……

记得你住的那个叫桥的地方，看不到一座像模像样的桥，只有一条波澜不惊的小河在日夜流淌。我没有感到丝毫遗憾，因为有你陪着我一起走在乡间的小路上。还记得路旁零零散散分布着几个村庄，稀稀落落长着几株乔木。

后来我多次想，我就是你注视的那条河里的一尾鱼，或是你路过的那条路上的一只蝶。我如何在你的河里快乐地游，在你的路上翩翩地飞？而今天，我却是一个风尘仆仆的旅行者，带着孤独与眷恋悄然走开……

直到如今，你的微笑还是我生命里永不褪色的记号。记忆中的你一直在我心里，微笑着，微笑着，每每想起，我就傻了半天，又傻了半天……

02 分开之后，才知道有多想要在一起

说好永远的，不知怎么就散了。最后自己想来想去，竟然也搞不清楚当初是什么原因把彼此分开的。然后，你忽然醒悟：感情原来是这么脆弱的，经得起风雨，却经不起平凡……

动情时分 EMOTIONAL MOMENT ○○○○○○

他说他很爱我，可是每次出去吃饭都要让我等半个小时才到。每次去的还是同一间餐厅，终于我再也忍受不了，便提出了分手。

他没有纠缠，只是很沮丧地说了句：“对不起，每次让你等那么久。”

后来的一天，我回到了我们吃饭的餐厅，发现味道变了。

我问早已熟络的老板：“为什么口味变化这么大？”

老板笑着说：“这里的口味一直是这样，以前你熟悉的味道，是你男朋友亲自下厨做的，他还让我们不要告诉你，这也是他每次都会迟到的原因。”

○○○○○○

我一直不想承认离开你的理由，因为我连自己都不相信，我不相信那时的我是不爱你的，而只是依恋、只是舍不得。

我舍不得那么一个爱我的人离开我，我疼惜你的善良和宽容，我依恋一转身就可以看见你的跟随。我追悔莫及，为了我那时只是喜欢你，却不是爱你。

你的所有和我的韶华纠缠在一起，是一指流沙。你成了我悼念青春的方式，每每想起，都会呈现夕阳暖色的调调，温暖凄凉。荏苒岁月覆盖的过往，白驹过隙，匆匆地铸成一抹哀伤。

我想起你时，都会抬一抬头望着天，心就辽阔了。人就是在选择中存活的。那时，我选择了替你爱我的人，他一样的温柔、体贴、宽容，不一样的是我爱他，我愿意跟他一起走下去，所以我舍得离开你。

也许，我也会在伤心失意的时候想起你；也许，我也会在委屈生气中想起你，但你已不再是我因伤感而选择倾诉的首选。你在我回忆里的所有美好，都会让我会心一笑。

如果我们可以晚一些遇见，不需要晚多久，就再过那么几年，那时候，我们有稳定的收入、靠谱的工作，所有的一切都步入正轨。我不再青涩、幼稚、自私、懵懂，而是一个成熟、安静、追求平静幸福的人；你也不再固执，而是一个只寻求安稳生活的人。到那时候，我们再相爱。

如果我们可以晚一些遇见，那时候，我们在经历了社会上的起起伏伏，学会了珍惜彼此，学会了包容对方的缺点，并且都有能力去承担所有的压力与责任。到那时候，我们再相爱。

如果我们可以晚一些遇见，不需要多久，就再过那么几年。那时候，我们可以一起出门远游、一起散步，而不是把你藏起来，据为“私用”。我们不需要太多喧闹的祝福，只要彼此能够把对方放在心里，铸造成那个不可替代的人。到那时候，我们再相爱。

如果我们可以晚一些遇见，那时候，我们不会在暧昧的边缘徘徊，因为我不会再像现在这样犹犹豫豫，而是会用尽自己所有的力气去争取那一个照顾你、对你好的机会，并且让你知道，我才是你最幸福的选择。到那时候，我们再相爱。

如果我们可以晚一些遇见，不需要多久，就再过那么几年。那时候，我们不用再去小心翼翼地保持着朋友的距离，我也不会去做所谓“最好的朋友”，而是会大大方方地告诉你：我爱你。到那时候，我们再相爱。

如果我们可以晚一些遇见，那么似乎所有的问题都不再是问题，所有的分歧都不再是分歧。那时候，我们会不会很合拍？那时候，我们还会不会很默契？

如果真的有那么一天，你会不会再回到我身边？也许已经不会了吧。只是，分开之后我才知道，我是有多么希望和你在一起。

可是，我们的相遇是在错误的时间。

有人说，有错过才会有新的遇见，缘分就是：不早不晚，恰恰刚好。而我们之间，如何才能“恰好”呢？

后来我才知道，你的陪伴，是我这一辈子收到的最美好的礼物。后来我才知道，一个人就算再好，但不愿陪你走下去，那他就是过客；一个人就算有再多缺点，可是处处忍让你，陪你到最后，那他就是你的亲人。

后来我才知道，一生中可能会有很多段爱情，但陪你走到最后的，始终只有一个人。

也是后来我才知道，我有多么希望能和你在一起。

03 有些人说不出哪里好，但就是没人替代得了

回忆这东西若是有气味的话，那就是樟脑的香，甜而稳妥，像记得分明的快乐；甜而怅惘，像忘却了的忧愁。

动情时分 EMOTIONAL MOMENT ○○○○○○

她和他分手，说不甘心这辈子和一个平庸的男人在一起。

他黯然去别的城市打拼，十年后事业有成，依然爱她。也听说她嫁给有钱人生活安逸，但不快乐。

后来他参加同学聚会，知道她也来，便故意穿得落魄潦倒。

有人奇怪，问他缘故。

他说："我要让她相信，当年抛弃我的选择是正确的，这样她现在会感觉幸福一点儿。"

○○○○○○

我相信这世界上，有些人有些事有些爱，见到一次，就注定要羁绊一生，就注定像一棵树一样，生长在心里，生生世世。

都说梦和现实是相反的，可是我想在爱情里梦和现实是一样的。因为有着怎样的现实才会梦见怎样的情境。我一直以为我做过的最悲伤的梦，是我梦见你不爱我，可是后来我才明白，最悲伤的梦是我梦见你爱她。

在爱情里没有先来后到。即便我拿着可以爱你的号码牌，排在爱你的最前端，你也可能忽略掉我，爱上我身后的任何一个人。

在爱情里没有所谓的公平。即便我为你倾尽所有，你也可能为别人倾尽你的所有。当一份爱从一开始就没有办法达到平衡，没有办法相互抚慰，怎么爱都不可能爱到最后。

最可怕的不是现实，而是你活在自己编织的梦里，盲目地忽略现实。

你曾经问他，那个她到底哪里好，到底哪里比我好，为什么你就只能看见她，而把我忽略。可是，你问过自己吗，那个他到底哪里好呢，你明知道他心里住着另外一个人，为什么你还是不管不顾呢？

你爱着他，他爱着另一个她，说到底，其实你和他是同样的人。

你从来都说不上他哪里好，可是就是谁也代替不了。同样的，那个人在他心目中也是，说不上哪里好，但是因为拥有他的爱，她便哪里都比你好。

你从一开始就该明白，爱必须是相互的。有些爱是一辈子的；同样的，有些不爱也是一辈子的。你没有办法说服自己不去爱一个根本不爱你的人，那你同样也没有办法说服一个人爱上你。

有些人你真的说不上他哪里好，可是你就是爱他呀，爱得莫名其妙，爱得撕心裂肺，爱得刻骨铭心。只因为是那个人，只因为你爱他，他便是这个世界上的珍宝。

有的时候，爱像水，能载舟，亦能覆舟。

我总是做梦，反复不停地在梦里遇见你，但这并没有让我感到悲伤。真正让我感到悲伤的是梦里还有一个她。你和她，不管是在梦里，还是在现实里，都让我那么难堪、那么卑微。

我第一次明白，什么是挫败感。

我想起阿桑唱的那首歌：“明明是三个人的电影，我却始终不能有姓名……”我是那么悲伤地发现，我始终是那个不能有姓名的人。

在每个哭着醒来的夜里，我总以为最悲伤也不过如此了，再糟糕也不过这样了。我每天反复不停地经历这一切、梦见这一切，我以为在这样的日子里，我会濒临崩溃。

我以为我对你所有的爱会在这样的日子里一点一点地消耗殆尽。可是，你知道吗，这好难，真的好难。

我终究是明白了那样的一句话：爱上你，我可能只需要一天，可是忘记你，我却要耗尽我的一辈子。

你说一辈子有多长呢，可能就在我擦掉眼泪的那一刻，也可能就在我想要忘记你的每一天里就那样慢慢地过完了。

04 再也没有遇到过像你这样的路人

有的人你看了一辈子，却忽略了一辈子；有的人你看了一眼，却惦念了一生。

动情时分 EMOTIONAL MOMENT ○○○○○○

相识时她和他坐在河提上。

她问："如果我的鞋子掉下去了你会帮我捡吗?"

"我才不下去，我又不是傻子。"他答。

"……"

"但我可以把我的借给你。"

多年的相处，让她对他的不认同越来越多，她准备离开他，在分手那天，她和他再次来到这个河堤。

她问："如果我的鞋子掉下去了，你会帮我捡，还是把你的鞋借给我?"

他说："都不会。"

"……"

"我会背你。"

○○○○○○

看到你的第一眼，我就知道，你不是我的，后来，你就真的不是我的了。我为此难过了好久。

昨天你说你想回来了，可是，我却告诉你，我已经有新人了。

其实，我没能告诉你的是，我一直都是一个人。

可是，我们不应该再有瓜葛了，不是吗？

至此，你向北，我向南，我们此生的缘分只能是路人。

人生的路很长，漫漫跋涉间，我们只影前行。

走自己的路，唱自己的歌，写着的是自己才看得懂的文字，品着的也只是一个人的寂寞。

当时间一次次地将我们推向各个群体中，分分散散，聚聚合合，离别间，才发现原来我们一直都只是一个人，而那个永远都和自己站在一起的只是那个漆黑的影子。

在人生的旅途上，我们总会遇到那么一些人，如流星般从自己生活的中心穿过，很快地，便留下那一瞬间的美丽。即便这瞬间的美丽，也会随着时间的推移逐渐变淡，等到经过了足够长的时间，它就消失了。

这样的人，是我们生命中的路人。

人的一生中会遇到多少路人？谁又会是谁的谁？那曾经口角噙香的名字能够被呼唤多久？那曾经在眉梢间低回的心事能够被延续多久？那曾经温暖过漫漫长夜的人还能够依傍多久？

岁月带着我们渐行渐远，我们带着记忆渐行渐远。

在这世间，总有一些无法抵达的地方，无法靠近的人，无法完成的事，无法占有的感情。生命中不断有人离开或进入。每一次的邂逅，不会全部都是细水长流的相伴，更多的是茶凉人散的分别。我们的心如小小的寂寞的城，且已紧掩，相互进入不了对方的世界。陌生，熟悉，走入各自生活；被动抑或主动，不留太多的痕迹。三分的麻木，七分的无助；再陌生，我们又逃了出来。

在这世间，每个人在每个阶段得做每个阶段的事。就算怀恋，也得离开。

于是，看见的，看不见了；记住的，遗忘了。于是，看不见的，看见了；遗忘的，记住了。于是，再想起你，你的名字，你的笑，你的一切，都只能加上一个词“别人的”。于是，再想起我们在一起的事，也只能加上一个词“曾经的”。

在这世间，最终，我们还是独自行走。聚散离合，微笑着擦肩、相遇，相知，相守，离开，永别。走了又来，留了又去，不断遇见，不断失去，似永不停歇的轮回，周而复始。

只是，有时候那份短暂相伴的感动还在，真实得让人觉得像是故事。

在人生旅途上偶然结识的路人，因为灵魂某处的相似，牵起了手，彼此微笑。但曾经的相聚都如不得不告别的风景一样，留在那儿，成为一次次回忆的主角，仅仅是一次回忆的主角而已。

如米兰·昆德拉说，当你还在我身边，我就开始怀恋，因为我知道你即将离去。

如纪伯伦说，我们已经走得太远，以至于忘记了为什么而出发。

昔年种柳，依依江南。今逢摇落，凄怆江潭。

树犹如此，人何以堪？

有道是“我不是归人，是个过客”。

只是，我再也没法遇见像你这样的路人。

05 / 情不知所起，一往而深

我不敢爱你，因为我怕你不会像我爱你一样爱我；但我不敢不爱你，因为我怕没有人会像我一样爱你。

动情时分 EMOTIONAL MOMENT ○○○○○○

荷西问三毛："你想嫁个什么样的人？"

三毛说："看得顺眼的，千万富翁也嫁；看不顺眼的，亿万富翁也嫁。"

荷西说："说来说去还是想嫁个有钱的。"

三毛看了荷西一眼，接着说："也有例外。"

"那你要是嫁给我呢？"荷西问道。

三毛叹了口气："要是你的话，只要够吃饭的钱就够了。"

"那你吃得多吗？"荷西坏笑着问。

"不多不多，以后还可以少吃点儿。"三毛温柔地回答。

○○○○○○

关于你的记忆，挂在那青春的枝头，不愿老去。我等候在季节的路口，等待燕子衔来关于你的消息。

雪融了，水清了，去年的燕子忘了回家的路……我把自己等成檐下的巢。

你是江南采茶女子，你纤纤嫩手，抚过我倦守茶树，一闪而去，我是你遗忘的那片苦丁，四季都是我记忆的伤口。我成了隔年的苦丁，多想被你采摘，焙了又焙，把我们的爱烘得香醇可口。

说不出你究竟好在哪里，可满世界都是你的影子。你行走在我的心里，你沉重的脚步一次又一次把我的心踏碎。

你累了，叹如黄河水，悠长，悠长……亲爱的，你知道吗？我是那水里追逐你影子的鱼，我轻吻水中的你，黄河水，是我的伤……

我看见你沉思案边，俗事如麻，你唱的是快乐的歌，我听的却是你的愁。你静如处子，即便是花开的声音，也能惊破你梦中的心湖，决堤的便是伤心的海。

正是你，教会了我怎样去爱一个人。不管你最终是在我身边，还是在天涯海角，我都一如既往地爱着你。

你教会了我，爱一个人就是在清晨醒来的一刹那，努力搜寻昨夜梦里的那个她。于是，便有了一个阳光灿烂的早晨。

你教会了我，爱一个人就是当电话铃声响起，拿起话筒脱口喊出她的名字。当话筒里传出另一个人的声音，满心的欢喜化为失望的歉意。

你教会了我，爱一个人就是把众多人的优点安放在她身上，把她想得完美无瑕。爱一个人就是忘记她曾有的过去，只在乎她的现在和将来，懂得善待她。

你教会了我，爱一个人就是一往情深地爱着她，并且希望她也爱自己。爱一个人就是每次和她发生口角之后，为她找各种理由，原谅她的同时也是出于爱她。

你教会了我，爱一个人就是在一张空白的纸上反反复复地写下她的名字。爱一个人就是明知道有那么多的不可能，却还要走下去，因为心中还有对爱情的期望。

你教会了我，爱一个人就是在一起时忘记她的缺点，不在一起时又想她的优点。爱一个人就是合演一场缠缠绵绵、反反复复、争争吵吵、分分合合的闹剧。

你教会了我，爱一个人就是在每一个想念的夜里写一大堆的荒唐话，却不知道寄往哪里。爱一个人就是丢掉被自己看得很重的面子问题，主动去联系她、问候她。爱一个人就是没有了自己原有的骄傲，全心全意地对她一个人好。

你教会了我，爱一个人就是明知道有那么多的不可能，却还要走下去，因为心中有爱。爱一个人就是在自己的小天地里珍藏着与你有关的所有小玩意儿。即便是一首歌，一个可爱的礼物，还有我们共同拥有的东西。

真正用心地爱上一个人，甚至可以不计前因、不顾后果，只为了实现自己心中的爱。爱一个人原来就是这样：没有理由，没有原因。

我就是这样地爱着你，那个离我很远很远的你。

让我与你握别，再轻轻抽出我的手，知道思念从此生根，纵此生不见，平安唯愿。

让我与你握别，再轻轻抽出我的手，华年从此停顿，热泪在心中汇成河流。

是那样万般无奈的凝视，渡口旁找不到一朵可以相送的花，就把祝福别在襟上吧，而明日，明日又隔天涯。

06 我一直在关注你，用保留自尊的方式

我曾经告诉自己：如果能不动真心就尽量别动；如果实在动了真心，那一定要不动声色，这样起码可以不伤自尊。然而，那一刻，我出乎意料地狠狠砸下泪来。转身逃遁，不敢再多看你一眼。

动情时分 EMOTIONAL MOMENT ○○○○○○

她一直默默地注视着他，后来她的朋友把她的在乎告诉了他。

他请她吃饭，她拒绝了。

他请她看电影，她也拒绝了。

他问她：“你不是一直关注我吗，为何又要拒绝我？”

她回答说：“你是因为我关注你，才请我吃饭、请我看电影的，而不是因为你喜欢我。”

他不解：“这有什么区别吗？”

她说：“我关注你，是因为我喜欢你；你现在亲近我，只是因为我关注你，而不是因为你喜欢我。我会一直默默地关注着你，直到你喜欢我的时候，只有到那时，我的喜欢才不卑微。”

○○○○○○

因为我对你好，所以你觉得我好，因为你是我爱的人；因为我懂得你的好，所以想要对你好，因为我爱着你。

一个懂你的人，能带来一段彼此舒服的爱；一个不懂你的人，最终会让你懂得一个道理：人生中懂比爱更重要。

我在努力做那个懂你的人，而你在努力做那个“不愿被我懂”的人。所以我只能默默地关注着你，用一切你知道或不知道的方式，用所有保留自尊的方式。

当我还不懂得爱的时候，我并不缺少爱我的人，我也不孤单，甚至不懂得寂寞为何物。只是当你出现以后，一切都改变了。

你给了我太多的好，让我中毒了，没有你我会不习惯，因为我早已习惯了有你的感觉。

于是思念成了你离去后我每天早晨起来和晚上睡前必备的功课，于是寂寞成了陪伴我的弯月，于是孤单成了我的最美裙衫。

爱上你，让我失去了自己，让我无法超脱，没了自尊，没了脾气。爱上你，让我爱上了寂寞，习惯了冷落。

我的过去再好，你没有参与，始终只是没有情节的故事。我的未来再美，没有你参与，总是显得空洞乏味。

我孤单的时候，是因为我的思念有了目标；我寂寞的时候，是因为我的寂寞缺少了依靠。很多时候，越想念你，我就越发躲避与你相见，因为我受了伤、流了泪、断了肠，只剩下廉价的自尊苟延残喘。

我怕真的面对了，我会发疯、会发狂，这些都不是最重要的。最重要的是，我怕真正面对你的时候你又会失望。

主动多了，谁都会觉得累。有时候总是提醒自己：一个人要是想你，他就会主动找你。我要求的不多，我主动联系你，然后你能给我一个回应，以此证明我不是多余。

等待久了，谁都会觉得疲惫。时常提醒自己：等待太久，就算最后得到了，也已经不是最初想要的模样。我等了很久很久，等到不在乎你能否给我一个答案。可是我心里又是多么希望，希望你在某一时刻说你爱我。

思念是一种说不出的痛，像很用力地一遍一遍擦干眼泪后依旧泪眼蒙眬；爱是一种无法掩盖的伤，像你无法用被子捂住断肠般地抽泣的悸动。

亲爱的，是你让我明白了，人生有太多的遇见，擦肩而过是一种遇见，刻骨铭心是一种遇见。有很多时候，看见的，看不见了；记住的，遗忘了。无论在对的时间遇见错的人，还是在错的时间遇见对的人，对于心灵都是一次历练。

亲爱的，是你让我明白了，这世界并不是所有的东西都符合想象，有些时候，山是水的故事，云是风的故事；也有些时候，星不是夜的故事，情不是爱的故事。许多人走着走着就散了，许多事看着看着就淡了，许多梦做着做着就断了，许多泪流着流着就干了。

爱，经不起忙碌的生活；爱，在想念中变成了想起，一切便开始慢慢走远……

07 总得留些遗憾，才能衬托出真爱的弥足珍贵

如同一场九十分钟的爱情电影，总是要等到第八十分钟才等得到那句台词：“我爱你，你呢?”只是很多人都在六十分钟时便离场，曲未终人已散。

动情时分 EMOTIONAL MOMENT ○○○○○○

他们彼此相爱，却总因小事争吵。

一次吵架后，女生说：“吵架最容易暴露缺点，所以每吵架一次，我们就把不能忍受对方的缺点写出来，放瓶子里，一年后交换。”

可是不到一年，他们还是分手了，那些装了“缺点”的瓶子，也没被提起。

后来，她偶然发现了当年他使用的瓶子，里面塞满字条。

她满怀好奇地打开，却发现每张都是一句“我爱你”。

○○○○○○

时间不许我们逆流而上，过去了，没得到，都成了遗憾。也许吧，生活就是被遗憾点缀才显得美好。得不到的美好，现在总在不经意间成为回忆，成为我们不可磨灭的印记。

爱情和生活一样，本就是这样：你总得留下些遗憾，才能衬托出真爱的弥足珍贵。

回不去的是过去，得不到的成遗憾。曾经想她是最好，现在想她的最好。时间让一切都变样，最后剩下的还是那曾经的美好。

我始终还是不够确定我在你心目中的位置。但是，如果期限一到，你能来我会很高兴，如果你离开我也不会遗憾。

因为你给了我一个若有似无的梦，我在梦中过了许多年，梦中的我虽然只有一个人，但是因为有着一个等你的念头，也是感觉到幸福的。我会感谢你给了我那么多怀念与回忆。

有时遗憾是美好的，若那时表白了，若那时珍惜了，也许美好的回忆就变成另一种画面，不能预测，不可预知，爱情散场了，唯有记忆是亘古不变的。

谁没有过遗憾呢？一种经过数年后，想起来仍旧萦绕的遗憾。

当初如果回过头，问个名字和电话，也许今天你我就不会天涯两端各自思念。就算你不再思念我，可我遇到某天、某个季节、某首歌、某种眼神，仍然会想到你，然后觉得好遗憾。

当初如果抓住你，今天是不是一切都不一样了？当初怎么不豁出去告诉你，我真的喜欢你？我喜欢你到无法控制自己，甚至想大声告诉全世界的人我喜欢你，但就是不敢告诉你。

现在你在别人身旁，我也在另一个人身旁，你可曾想起我？是否也曾觉得遗憾呢？

爱情没有先来后到，却有情深缘浅。那些伤害就让它过去吧，连遗憾也请你一并淡忘……

有些遗憾会让人椎心，夜里刺痛；有些遗憾，想起来很美丽，因为得不到，所以最珍贵。

还有些遗憾，非得过很多年才能释怀，那时你会发现，那些不属于你的，最终会属于一个比你更适合的人，而你也会遇到另一个更适合自己的人。

这，难道不是最完美的事情吗？

错过的那个人永远迷人、年轻、可爱，永远让你念念不忘。

不是深刻到连时间也无法冲淡，而是你在记忆里调了味，其实人早就走了样儿。

你记得的是你想要的他，早已不是原本的那个人了。人的记忆是很不可靠的，记忆里的爱情也是这样。

当时哭着要你别走，你走了，我该怎么办？你丢下我一个人，留下的全部都是你的回忆，我要怎么过下去。

可后来的事实证明，我还是过得下去，甚至过得比以前还好。

这，难道不是最完美的事情？

那些爱，经过了我们的生命，留下了抹不去的伤痕，也留下了难忘的精彩。随着时间的推移，快乐与悲伤逐一淡去，我们还是失去了彼此。

唯一值得欣慰的是，我们在这错过的遗憾中，找到了爱情与生活更多的关联，找到了遗憾与完美的关系。

我们慢慢放下了彼此，因为你找到了一个比我更适合你的人；而我，也找到了一个比你更适合我的人。

08 遇见的一部分叫缘分，另一部分叫劫数

仿佛每一次遇见，都是为了明日的离开。既知到最后都要离别，却依旧有那么多人一往情深地期待相逢。

动情时分 EMOTIONAL MOMENT ○○○○○○

热恋时，他们爱得很痴迷。

她对他说："我想要一个世界上最美好的承诺。"

他说："是'我爱你'吗?"

她摇头。

他又说："哦，我知道了，是'我一直爱你'。"

后来，二人分开，到异国他乡各自生活。

再相逢已经白发苍苍。

她问他："你还记得世界上最美好的承诺是什么吗?"

他说："是'白头偕老'吗?"

她摇头。

他又说："哦，我知道了，是'我一直爱你'。"

○○○○○○

你住的城市下雨了，很想问你有没有带伞。可是我忍住了，因为我怕你说没带，而我又无能为力，就像我爱你，却给不到你想要的陪伴。

命运告诉我们，遇见有两个部分：一个部分叫缘分，另一个部分叫劫数。

时间走错了季节，而你走入我的生命，我的心中百花盛开，而你是最美的一束。

夜深人静，仰望星空，云儿在悠悠地飘逸，星儿在悄悄地私语。砌一壶香茗，袅袅香气氤氲缭，缠绕着痴情，萦绕着期盼。轻轻打开思念的那扇门，相思溢满小屋，不听话的泪水出卖了我的脆弱。

你不在的日子里，我习惯了一个人微笑，习惯了一个人默默地流泪，习惯了在夜里将思念敞开心扉。

再美的生活，如若没有相思也是遗憾；再美的风景，如若不能与你共赏也是枉然。人醉了，不是因为饮下了酒，而是因为饮下了比酒更加浓烈的记忆；心碎了，一颗心碎在了虚梦红尘中；想睡了，睡在了白云映衬蓝天、微风轻拂浅绿的草地上。

然而，醒来之后，依旧要入世蒙尘。逃脱不了的命运，避免不了的哀伤。

你，种下一份相思在我心中，于是，我把思念刻上你的名字。从此，不管白天与黑夜，想你总是在不经意间，似乎永远不知疲倦。白天想你在心里，夜晚想你在梦里，你遥远的身影，是我心中最深的依恋。

一生之中能遇到一个知我、懂我的你，我是幸福的；能遇到一个让我想到心痛、想到落泪的你，我也是幸福的。即使天意没有结果，只要我们曾经深深地爱过，也是幸福的。

今生你欠我一个拥抱，为了那个拥抱，我学会了静静地守、痴痴地盼，只为与你相拥时，感受你胸怀里的温暖；今生你欠我一次握手，为了那次握手，我学会了爱护我的双手，只为与你相逢时，你握住的那一刻的温柔。

季节的年轮载着我多情的脚步，在岁月的河流上痴痴地等你。等你，在寒风凛冽的冬夜，在秋雨潇潇的黎明，在夏日火热的傍晚，在春花烂漫的早晨……

我在唐诗宋词的意境中读你、寻你、等你，秋风读不懂人间世事，只为季节徒增了黯然的颜色。

等待的日子，若莲，静守着一泓池水，婉约又明净；又宛如一支短笛，缠绵又悠扬。

我心的空间，是你走过以后的深渊；我情的中间，是你留下的雪泥和梦的片段；我梦的里面，是场流离失所的演变；我泪的背面，依然留着一片等你的天。

在茫茫人世间，我们就像飘浮在空中的一粒粒尘埃，任风吹起，随风而息，也许我们会在同一地点相遇，但有风吹过，又不知飘落何方，也许就此尘归尘，土归土，永不相逢。

在这个城市里，我们就像一辆辆匆匆而过的汽车，虽然同在纵横交错的马路上驶过，却走着各自的路。也许会对面相逢，也许会前后追逐，但不过是擦肩而过，偶尔相遇，又迅速分开；虽是来来往往，磕磕碰碰，却永远都是陌路人。

在一个季节，我们就像一片片树叶，吸收着一样的日月精华，吐纳着一样的天地灵气，一样生长，一样凋零。但秋风吹来，却身不由己，不知飘向何方。我在左，你在右，我飘散成尘，你零落成泥，曾经相望，却不会相逢……

09 有一种心情叫我心依旧，有一种爱情叫覆水难收

有些人，一旦遇见，便一眼万年；有些心动，一旦开始，便覆水难收。

动情时分 EMOTIONAL MOMENT ○○○○○○

在一起五年的他们，后来分手了，逐渐陌生，陌生到不再彼此打招呼和问候。

几年后的一天，他和她同时受邀参加老同学的婚礼。

婚礼上她不小心丢失了手机，只有他，不翻看通信簿便第一个拨出了她的手机号码。

铃声响起，他和她同时去捡地上的手机，他不经意间看到屏幕上的来电显示："老公。"

○○○○○○

原来天长地久，只是误会一场。

当失去一段你认为重要的感情时，有多少人条件反射似的不敢再去考虑爱情，也不想去爱，自此所有的标准都是那个人的样子，如果没有第二个他再出现，宁愿孤单到死，宁愿伤心到痛，心里就是容不下别人。

其实，人生就如同一场独自旅行，一开始就是一个人，只是突然有个人陪了你很久，当他要离开你开始他的独自旅程时，你会不习惯，沿途的风景不再吸引你，来来往往的人也不再被你需要。

他走了，你依然一个人，但是你告诉自己，你再也不要这样的陪伴了。你恨分别，即使黑夜来临，你都不要人陪了。

偶尔路过的人只是路人，心门关了起来，谁也走不进。

这场旅行没有终点，除非有天，你愿意为谁停留。走得再远，总要回家，陪不到最后的都只是路人。

某些人的爱情，只是一种“当时的情绪”。如果对方错将这份情绪当作长远的爱情，是本身的幼稚。

不要担心自己健忘。健忘总比什么都记得来得坦然。爱情的路上，坦然的人满坑满谷。

爱情如果不落到穿衣、吃饭、睡觉、数钱这些实实在在的生活中去，是不会长久的。

真正的爱情就是不紧张，就是可以在他面前无所顾忌地打嗝、挖耳朵、流鼻涕；真正爱你的人，就是那个你可以不洗脸、不梳头、不化妆见到的那个人。

爱情不一定是陪伴，而是懂得。

人多么希望有一双睿智的眼睛能够看穿他，能够明白了解他的一切，包括所有的斑斓和荒芜。那双眼眸能够穿透他的最为本质的灵魂，直抵他心灵深处那个真实的自己，能解决所有的迷惑，或是对所作所为能有一针见血的评价。

爱情有如甘霖，没有了它，干裂的心田，即使撒下再多的种子，终究不可能萌芽。

真正的爱情绝对是天使的化身，一段孽缘不过是魔鬼的玩笑。

命运就是这么奇妙：你想留住的，总要到最后才明白他们仅仅是一场烟花；你没想过去争得的，却如空气般不经意被吸进肺里，等想要脱离却发现，你再也离不开他……

人世间，总是命运无常、福祸难测。

你以为你是他回头的人，原来，你只是路人，你回头时他没有感受到。

你以为你在他心中停驻过，原来你只是轻风拂过；你以为爱过就会永远，原来只是寂寞时的偶然……

或许有一天，你什么都不再记起。一切的一切都成为书桌上那张搁置已久的白纸。我想你会依然留一盏灯给记忆，好让你来世在一片光明里找到今生错过的爱情、错过的他。

其实我们每个人拥有的都是这样的青春，没有兵荒马乱，没有动荡不安。不外乎遇到这些人，经历这些事，走过了该走过的，错过了该错过的。

已经错过的岁月和已经动过的心，都像逝去的河水，永远也无法倒流。

○○○○○○

那一瞬间，你终于发现，那曾深爱过的人，早在告别的那天，已消失在这个世界。心中的爱和思念，都只是属于自己曾经拥有过的纪念。我想，有些事情是可以遗忘的，有些事情是可以记念的，有些事情能够心甘情愿，有些事情一直无能为力。我爱你，这是我的劫难。

——安妮宝贝《八月未央》

| FIVE | 总是做着
一个很悲伤的美梦，
梦见你很爱我

○○○○○○

所有的悲伤，总会留下一丝欢乐的线索；所有的遗憾，总会留下一处完美的角落。我在冰封的深海，找寻希望的缺口，却在午夜惊醒时，蓦然瞥见绝美的月光。

01 / 没有人是故意要变心的

爱上一个人，其实是爱上一种感觉。不爱了就是不爱了，再勉强也没有用，没有人是故意要变心的。

动情时分 EMOTIONAL MOMENT ○○○○○○

没有伞，我和她耸着肩膀在斜泼的雨里艰难地前行。

她冷得打起哆嗦，我急忙脱下已经湿得滴答作响的衬衫给她披上。

她一边继续走一边脱下还给我。

她说："我很感动，但我不想你因此忍受更多的寒冷——何况，它已经湿透了，给不了半点儿温暖。"

很多年后我想，这是不是她嫁给另一个人的原因？

○○○○○○

我不能给你全世界，但是，我的世界全部给你。如今你不要了，选择要离开，留给我的，是长长的回忆和久久的无法释怀。

有时候可以看得很淡然，有时候却又执着得有些不堪。骄傲地说着假话，如同在众人面前背诵生硬的台词，常常是背熟了再说；真话如同咳嗽，多数是在压抑不住的时候喷涌而出。而此时的我，唯一想要对你说的真话是：没有人是故意要变心的。

所以我感谢上天让我遇到你，让我变得勇敢，让我失败，让我哭泣，让我忧伤，让我开心，让我坚持，直到成为我自己。

曾经听过一段话：

在对的时间遇见对的人，是一生幸福；在对的时间遇见错的人，是一场心伤；在错的时间遇见错的人，是一段荒唐；在错的时间遇见对的人，是一阵叹息。

其实有些事情，没有得到的时候，最珍贵、美丽。

我们是否分得清楚谁是我们最爱的人？谁是最爱我们的人？谁是我们要共度一生的人？

我们最爱的，往往没有选择我们；最爱我们的，往往不是我们最爱的；而最长久的，偏偏不是我们的最爱，也不是最爱我们的，只是在最适合的时间出现的那个人。

问自己一句："你，会是别人生命中的第几个人呢?"

我知道，没有人是故意要变心的。

你爱我的时候，是真的爱我；可是当你不爱我的时候，也是真的不爱我了。

你爱我的时候没有办法假装不爱我；同样的，你不爱我的时候，也没有办法假装爱我。

爱我的时候，你爱我的好，也爱我的坏；爱我的优点，也爱我的缺点。

不爱我的时候，尽管是再小的瑕疵也成了你眼中最不顺眼的一根刺。所以当你不爱我、要离开我的时候，我没有挽留。

既然我们已经失去了从前的快乐，就无须阻止你去追寻属于自己的幸福。况且并非所有的放弃都是过错，你放弃我的原因，也是希望能够给我一个重新选择幸福人生的机会。

你对一段感情变心了，可我又有什么办法呢？谁能证明这次背叛不合乎天意？

并非所有的放弃都是变心。心其实是变不了的，它始终固定在最贴近自我的地方。所以，我给变心的你一个出口，让你继续爱着你自己，这是好事，倘若你连自己也不爱了，那还变什么心？只会是你拖着我的爱一起朽掉。

我要跟在意我的人在一起，我要爱那些爱我的人，而不是永远看不出起伏的你、永远不知道我重要性的你。

分手，是衡量彼此价值的契机，我还怕什么？

没有人真的故意要变心，分手不是单方面的过错，放手有时候也是为了成全对方，也是成全自己，追寻更适合自己的幸福爱情。

在爱情的世界里，很难分得清是非对错，因为我真的爱你，所以我努力学会懂你、欣赏你。但是既然你已经变心了，既然已经不能再挽回什么了，那么我能做的事就只有祝福你一路走好。

02 总是做着一个很悲伤的美梦，梦见你很爱我

爱情最美好的地方在于，即使失去，也会在某一刻，因为某首歌、某个人、某些动作而被怀念。

动情时分 EMOTIONAL MOMENT ○○○○○○

她和他又闹别扭了，冷战了三天，显然两个人都熬不住了。

她拿起手机，准备给他发短信，本来想说："我们不要闹别扭了好不好，我想你了。"

考虑到不能先认输，于是修改成："我们好好谈谈好不好?"

发出去的时候变成："在?"

他收到短信时兴奋不已，他本来想回："在，我在，我想你了，我错了行不行?"

一看到她信息的语气那么硬，于是修改成："嗯，我在，是不是想我啦?"

可是发出去就一个字："嗯。"

○○○○○○

想你了，我从来不会掩饰，总是会告诉你我的感受，却从不敢要求什么，因为我害怕，怕你会逃跑，怕我会迷失。

一场雨，淋湿了我的梦，也淋湿了我所有的心思，在梦与醒里，飘摇在黑夜与黎明的弦上。

我的思念是漫过满池荷叶的等待，我的思念是走过岁月深处的等候，我的思念如同碧波千浪拍打着海滩，如利剑一般穿刺心脏，就像梦见你时的甜蜜，给现实的我狠狠的一击。

我并不善良，并不想看你牵她的手。

你爱她什么呢？她比我温柔，还是比我好看，还是比我更懂得让你开心？

我爱你什么呢？你对我很温柔，你长得很好看，还是你懂得让我怎样开心地笑？

我知道说不清的。

感觉这种事情向来是剪不断理还乱的。有的感觉像是在编织一件毛衣，可能很快那件毛衣就编织完成了，也可能编织到一半你发现错了，可能袖子短了，可能领口窄了……

就是这样啊，感觉就是这么奇妙，因为奇妙，所以我们才这么痴迷。

你永远没有办法告诉我，为什么会爱我，然后又不爱我；同样的，我也没有办法告诉你，我为什么会爱你，就算明知道你不会再爱我。

最后我知道，就像做一场梦一样。我没有办法控制我的大脑做怎样的梦，我在梦里难过痛苦，拼命挣扎着想要醒来，可是我醒不来。

那个梦不管是快乐还是悲伤，我没有办法醒来。当我终于醒来的时候，我唯一能发现的是，我又哭了。梦里的你和她是相爱着的，醒来的时候，你们还是相爱着的。

最悲伤的梦，不是他不爱你，而是他爱她。

这样很自私是不是？可是我的爱从来就是这么自私。你不能明白，我就像一只困兽，只能在爱你的这个笼子里挣扎。我被捆绑在一条爱你的绳子里，越挣扎越疼，越疼便越绝望。

我的爱如此狭隘，难怪你不会爱我了。或许，她真的比我美好也说不定。就像她一开始便比我幸运，她一开始便能不费吹灰之力得到你的爱，而我不能。

流着泪睡着，能做的梦多数是苦涩的。但最苦涩的不是梦见你，也不是梦见你和她在一起，而是梦见你说你爱我。

我终究明白，爱你的这趟旅程，就像一场悲伤的梦，我没有办法控制。我在梦里笑，在梦里哭；在梦里雀跃，也在梦里失望；在梦里挣扎，也在梦里明白。

我做了所有关于你的梦，每一个梦里都会出现一个她。所以我梦见你说你爱我的时候是如此疼痛。我在醒来或者睡下的每一分、每一秒都像是能听见你告诉我，你有多爱她。

那就这样吧，那就算了吧。

当我爱你爱到只剩下自尊了，那么就停止吧。

就当爱你是一场悲伤的梦，梦醒了，我总要尝试着去爱别人。

我可能没有那么善良，看你牵她的手，可是我更不想我爱得那么卑微，去为你们的爱委曲求全。

爱你是一场悲伤的梦，现在我要从梦里醒来了。（尔曦）

03 / 不怕你不爱我，就怕知道你爱过我

世上最可悲的事是，当过去深爱你的那个人成为你的一切之时，你却对她不再重要了。

动情时分 EMOTIONAL MOMENT ○○○○○○

分手数年之后，他们浅浅淡淡地联系着，像是朋友。一次相聚，他随意玩弄她的手机，一愣。

他对她说："几年前的短信你居然还留着？"

她抢过手机，"你没心没肺甩了我，我留着这些甜言蜜语日后调侃你还不行吗？"饭后，他先自离开。

她安静地翻出短信一条条认真地看，喃喃自语："我只是需要些证据，证明即便分开，你也有过那么爱我的时候。"

○○○○○○

过了这么久，其实也不是多久不见你，为什么就感觉和你已经恍如隔世，想起来为什么就那么荒凉?

人生，原本就是风尘中的沧海桑田，只是，回眸处，世态炎凉演绎成了苦辣酸甜。

人痛苦着，或许是因为有了太多的思想，那些理不清的思绪，会让一个人变得很脆弱。而我最软弱的部位是你。我不怕你已经不爱我了，我只怕你说你爱过我。

失去你之后，我才开始反省自己，开始去狠狠地记住那些你哽咽着对我说的话——平静的、真诚的那些话。当时，我一点儿都不感激你说的，我只是伤心，因为你真的要离开我了。

和你一起经过的那些日子，我想会是我这辈子最想忘记的过去，因为我怕忘不掉你，就不会找到下一站幸福，我更害怕的是，我要记着你爱别人。

别人说的情深缘浅，是不是就是我们这样的?情深缘浅，竟是这么残酷的咒语。

我曾经给你说那么多的小情话，你究竟记住了多少？曾经我给你写那么多的字，你究竟保存了多少？曾经我送你的小小礼物，带在身边的究竟还有几件？我还是奢侈地想要你深深地怀恋我，就如我怀恋你一样。

或许，一个人离开的理由不需要太强大，只是心足够狠就可以了。所以，我多么希望自己的心再狠点，将你的影子从脑海里格式化。

我在想，或许现在都不是最心伤的时刻，最惨淡的时光是我会在某个阳光明媚的午后，将你深深地想起，回忆便无处遁形。

也许那个时候我在另一个城市，只能抬起头看着你那边的天空，时间静止。心里问一句，你现在还好吗？这么苍白却力道十足的问候，一切依旧遥遥无期。

我不知道该怎样祭奠我们的旧时光，我只是把那些所有浸染过你气息的东西统统打包、密封，安静地存放起来。那样它们就会一直保存完好，永远留住那些美好。

记忆是最不靠谱的东西，但是这些都是你来过我世界的最好证明。

我还是相信美好的爱情，我发自内心地希望你一切安好，我希望最后陪在你身边的她比我对你好。这也是我最心酸的祝福！

其实再见不是再也不见，而是再也不想见！多次被证明的哲理是：一直向前的都是时间。

人在想要制造爱情时，会制造出很多巧遇，去说服自己，你和他是多么独特的关系。

但当生活的隔阂一天天初露端倪，所有的因荷尔蒙而产生的幻觉都消失殆尽，爱情就像燃尽的香烛，信仰的法则在离开寺庙时就渐失光环，你才渐渐会给自己提醒：你们的种种巧合，不过是一次普通的邂逅而已。若没有幻觉加持，不过就是千百万人在千百万个时间点上的一次偶然相遇。

04 ╱ 伤我最深的，偏得我心

人总是会轻易伤害到爱他的那个人，其实，人也会长久地爱着伤害他的那个人。

动情时分 EMOTIONAL MOMENT ○○○○○○

你说你累了，我配合你说我也累了。

你说：“我们适合当朋友。”

我说：“那我们和平分手吧。”

你说：“好，以后我们还是朋友。”

于是我带着我剩下的自尊离开了。

其实你不知道的是，和平分手比大吵大闹更痛苦，因为这说明你本就没爱过我……

○○○○○○

你出现在我的生命之中，本来就只是为了陪我走一段路，看着我成长。

所以你选择离我而去，也只是为了成全我，让我独自承担自己的生命，体现我在你身上所领悟的一切，让我勇敢如新生。

我们生活在同一个世界上，爱与恨、忧与喜，都各占半分。我们有目的地聚拢，然后决绝地分开。我看着你走得好潇洒，而我的记忆变成了牢笼，印象是牢笼以外的天空。

所以，我一抬头就能看见你，看见曾经的我们。

我们都太专注于自己的伤口，忘了要去握住对方伸出的手，我们可以和陌生人喜笑颜开，却对彼此苛刻不已。

我们偶尔也会疑心周围的人，可他们再怎么伤害，我们也是百毒不侵；他们再怎么打搅，我们也能刀枪不入。我们能轻易原谅任何一个陌生人，却偏偏原谅不了最爱的彼此。

所以，能够伤害我们彼此的，也只有对方。

曾经那么深刻地爱着一个人，总好过不与任何人擦出火花，只是麻木地过一生。所以，即便你伤害了我，我也心甘情愿。

爱过、温暖过、幸福过，即使没有被爱着的人好好爱下去，遗憾中也还是有甜蜜的，还是有快乐的。

我们总在最不懂爱情的年代，遇见最美好的爱情。

如果我是你的一颗泪珠，我会落到你的唇间，常驻你的心里；如果你是我的一颗泪珠，我一辈子也不会哭，因为我怕失去你。

破碎不是最残酷的事，最残酷的事是：踩着这些碎片，假装着不疼痛；固执地寻找着每个细小的碎片，妄想着复原。

幸福其实往往比我们所想象的要简单很多，问题在于，如果我们不把所有复杂的不幸都给探索经历一遍，不把所有该摔的跤都摔一遍，不把所有的山都给爬一遍，我们就不会甘心。其实山脚下的那块巴掌大的树荫下，就有幸福。

可是之前，我们谁都不曾甘心。我们带着骄傲去爱对方，又用骄傲伤害彼此。爱情，有时候是一件令人沉沦的事情，所谓理智和决心，不过是可笑的自我安慰的话。

在寂寞的当儿想念一个人，不算什么，但如果在热闹的时候想念，又不同了。

我正想着你，一个伤害我至深的人。

爱情本来就是残忍的，胜者为王，你总是赢。所以我总结说：“最安全和最合时宜的方式，还是和自己厮守。”

一个钱币最美丽的状态不是静止，而是当它像陀螺一样转动的时候，没人知道，即将转出来的那一面，是快乐还是痛苦，是爱还是恨。

快乐和痛苦、爱和恨，总是不停地纠缠。

爱情总在不知不觉间过期。有一天，我们把它拿出来，才知道它最鲜活的日子已经永远过去。在最有感觉的时候，爱情没有停下脚步，那么，也不必在一起走完那段路之后，回头去寻找那些散落在地上的感觉，路已经走完。

爱情中最伤感的时刻是后期的冷淡，一个曾经爱过你的人，忽然离你很远，咫尺之隔，却是天涯。

曾经轰轰烈烈，曾经千回百转，曾经沾沾自喜，曾经柔肠寸断。到了最后，最悲哀的分手竟然是悄无声息。有相逢就有别离，可是每个人都害怕别离。

还想再唱一支歌，再唱一支歌，你可不可以不要走？

05 昔日的甜蜜已遥不可及，记忆的哀伤却寸步不离

有些伤口，无论过多久，依然一碰就痛；有些人，不管过多久，还是一想起就疼。

动情时分 EMOTIONAL MOMENT ○○○○○○

她总说他不懂得浪漫，不久后，他们就分手了。

她默默地坐在屋子里，多希望他还能打个电话给她。等了很久，她拿起电话才发现，手机已经自动关机了。

想喝杯水，发现水壶是空的，要是以前，他肯定早就烧好了。

想出去走走，又不知钥匙放在哪儿了，要是以前，这种事情根本不用自己操心。

她坐了下来，才知道失去了爱。

○○○○○○○

雨水落下来是因为天空无法承受它的重量，眼泪掉下来是因为心再也无法承受那样的伤痛。

每个人的心中都藏着一首记忆悠远的歌；每颗心的深处，都裹着一个不可触摸的梦。

偶尔，夜深人静时，听着伤感的歌曲，读着心碎的文字，然后眼角酝酿几滴泪，顺着脸颊，顺着记忆，顺着心窝的疼痛，缓缓地涌动。

偶尔，夜不能寐时，翻开记忆的碎片，读着曾经的温馨，然后坐在无人的角落，哽咽着喉咙，湿润着眼眶，抑或长叹一声，曾牵手走过的画面，曾拥抱温暖的悸动，已随时光悠悠，随记忆远逝。

还在为逝去的伤感吗？还在为过去的后悔吗？

爱消散时，一切纷扰都显得无足轻重；爱来临时，一切纠缠都那么锱铢必较。于是，分开了，伤心了，后悔了。眼里容不得半粒沙子，心里装不下半点瑕疵，会觉得相遇是一场错误，相知更是一种伤害。

然后，负气地分开，残忍地离别，内心却隐约挟着一丝希望，或许根本没有忘记，只是固执地使着小性子，不肯承认自己的倔强，只是希望对方能给自己最美的温柔。别过头时，却隐藏着一颗敏感易碎的心。

还会在楼下傻傻地等着那个人吗？还会在蒙蒙雨天为她撑起那把花伞吗？还会在夜风侵袭时为她披一件单薄的外套吗？

游离在爱的边缘，徘徊在痛的岸边，也许会想重拾过去的美好，也许会想哀悼曾经的时光，也许会想忘记那些心碎的幸福。

于是，该忘记的，却还深深铭刻在心中；不该忘记的，依旧在内心隐隐作痛。

有些事情只能忘记，忘记痛苦，忘记最爱的人对你的伤害。时间会让你了解爱情，时间能够证明爱情，也能够把爱推翻。当然了，也没有一种悲伤是不能被时间减轻的。

如果时间不可以令你忘记那些不该记住的人，我们失去的岁月又有什么意义？如果所有的悲哀、痛苦、失败都是假的，那该多好！

可惜，世上有很多虚情假意，自己的痛苦、失败、悲哀，却偏偏总是真的。

聊以自慰地说，岁月像一条河流，会带走一切。可是，岁月也会沉淀，沉淀许多遗憾、许多芬芳。

痛彻心扉时，发誓不再轻易爱恨情仇。可爱一旦苏醒，还是会继续着彼此的疼痛。仿佛没有疼痛、没有伤害、没有心碎，便构不成爱情的本色，便进不去爱情的城堡。

爱消失时，会觉得一切恍若隔世，不过沉睡在一个斑斓的梦境里。醒来时，却发现自己早已心也空空、人也空空，没有了爱的承诺，只残留着一丝疼痛的快意。

对着朗朗星空，对着明媚月光，咽下一口苦茶，仰天悲泣，声嘶力竭地呼喊着自己的痛，却发现自己已经沉默得近乎压抑。再回首时，已白发横生，皱纹满脸。

于是，在爱的橱窗前，看着里面的典当初，只身踟蹰着，却不愿进去一睹风采；看着别人的风花雪月，只是微笑着，仿佛已然超脱，已了一世尘缘；走着自己的路，却不敢与爱并肩，不敢与爱同行。

当爱已成为一种奢望，是否会选择携手前行？当爱已成为一种奢望，是否会真正敞开心扉？当爱已成为一种奢望，是否会用心地敢爱敢恨？

06 爱上一个人，就是给他一种伤害自己的权利

为什么伤害隔得那么远都能做到，而安慰却必须在身旁才行呢？

动情时分 EMOTIONAL MOMENT ○○○○○○

他和她爱得很深。

一天，他突然问她："你说，如果爱情是一场战争，那输的人，会是谁啊？"

她想了想，坚定地说："我。"

他疑惑地问："为什么？"

她正视着他说："因为在你面前，我会变得好安静，只想听你一个人说话。因为你笑的时候，我会忘记呼吸。因为你跟其他女生说话时，我会不开心。因为当你不开心的时候，我也会高兴不起来……"

他紧紧地抱着她说："亲爱的，我们一起输吧！"

○○○○○○

不要让那个喜欢你的人，撕心裂肺地为你哭那么一次，因为你能把他伤害到那个样子的机会只有一次。那一次以后，你就从不可或缺的人变成可有可无的人了。

即使他还爱你，可是，总有一些东西真的已经改变了。

每个想要爱的人，请你好好对待每一个你追求的或者追求你的人，或许你不知道，接受一份感情或者付出一份感情，需要多么大的勇气。

在这个世界上，有太多受伤的人，也有太多受伤的感情，所以你总是容易害怕，也常常选择退缩，不是你胆小，只是你怕听到心碎的声音。

因为爱上一个人，就是给别人一种伤害自己的权利。

如果你不爱一个人，请放手，好让别人有机会爱她。如果你爱的人放弃了你，请放开自己，好让自己有机会爱别人。

如果你不爱一个人，请不要靠近。有的东西你再喜欢，也不会属于你；有的东西你再留恋，也注定要放弃。爱是人生中一首永远也唱不完的歌。

爱一个人，就是给他一种伤害自己的权利，想要爱的你，请谨慎使用。因为人一生中也许会经历许多种爱，但千万别让爱变成一种伤害。

爱上一个人之后，因为害羞、腼腆，或者为了保全完美的形象，往往容易变得口是心非，也容易变得虚伪不真实，可是旁人又怎能知道，你的初衷是何其美好，你的心思是何等善良？

你或许会无理取闹，会唠唠叨叨，会为爱的人流泪，会和爱的人争吵，会拿分手说事，但你只有一个目的，那就是想看看你爱的人是否还在乎你，是否还关心你，是否还心疼你，是否还会维护你。而被爱的人又怎能知道，你之所以会来试探他，是因为被爱的人没有给你自信和信心，他让你开始恐慌、开始害怕、开始手足无措……

爱上一个人之后，因为自私而想要独占所爱的那个人的内心，所以你的心会变得狭隘，狭小到再也容不下别人，里面全是所爱的人的影子。你会为了一句叮咛而反反复复；你也会因为他没有告诉你一句“我已安全到家”而将整个心揪在一块儿；你也会因为他没有告诉你一句“晚安”，而整个晚上睡不好觉……

因为当你爱上他之后，心就不再属于自己，有的只是一副躯壳，魂魄在他那里。

生活中到处都存在着缘分，缘聚缘散好像都是命中注定的事情；有些缘分一开始就注定要失去，有些缘分是永远都不会有好结果；可是你却偏偏渴望创造一种奇迹，往往是这种不切实际的渴望，变成了对自己和所爱的人最大的伤害。

爱一个人不一定要拥有，但拥有一个人就一定要好好去爱他。

如果真诚是一种伤害，请选择谎言；如果谎言是一种伤害，请选择沉默；如果沉默是一种伤害，请选择离开；如果爱是一种伤害，请不要靠近。

07 / 越在乎，越卑微

爱上你之后，卑微成了我的一种习惯，卑微已经根植在我的骨子里，刮骨疗毒都抹不干净。

动情时分 EMOTIONAL MOMENT ○○○○○○

他喜欢她很久了，她知道，却总是不做回应，因为她手上总是有织不完的围巾。

他问她："你怎么那么爱织围巾哪？"

她说："我要把回忆都织进去。"

他说："那你也送我一条呗！"

女孩儿微笑着，还是没法多说一句话来。

后来，他和另一个人结婚了。

婚礼上，他偷偷地问她："你为什么不送我围巾？"

她淡淡地说："过几天就送你，我把回忆都还你。"

○○○○○○

越在乎，越卑微。

是的，在最在乎的人和事物面前，我们常常会心生颤抖，常常会身子走样，常常失去了自身价值。卑微是常人的软肋。

就像信仰上帝、供奉佛祖，当你双手合十、真心忏悔、诚心叩拜时，眼前是高高在上的圣像，心中是神圣万能的神，而自己，不过是肉身凡胎、卑微低下的信徒。

就像用手掬起一捧沙子，当你担心流失而握住的时候，沙子就漏了一大半。越用力握，留住的反而越少。

就像进行一场关乎人生的考试或比赛，越害怕失败，越想取得好成绩，心态就越不平衡，内心就越紧张，手脚就越不听使唤，最终往往发挥失常。

就像《庄子》中的故事：一个赌徒拿着瓦砾去赌时，几乎是逢赌必赢，而当他拿着万两黄金去赌时，却输得一塌糊涂。

感情也一样，爱至深处是卑微。

最深邃的道理往往源自最平淡的事物，最深沉的爱恋往往出现最卑微的举止。正像男士向心上人求爱要单膝跪地一样。若爱没了，卑微会随之逝去。

当爱发展到不在乎对方的时候，说明爱已经稀释到了一定的程度。

一个人如果心甘情愿地爱另一个人，他会俯下身子付出他的一切，决不会计算付出的多与少，计较收获的得与失。由此看来，爱的走向是趋下的。一旦坠入爱河，无一不学会亏自己、苦自己。因为爱是一种责任，背负责任，不躬身不行。

越在乎，越卑微，选择你所爱的，爱你所选择的，这种卑微会成就我们的幸福。

尽管不是所有的卑微都通向幸福，但以爱为内核的卑微只有付出了才会有收获。虽然不是每一次付出都会有相应的收获，但所有的收获都必须付出，这是一个不可逆转的命题。

每个人都会犯错，你若真的深爱一个人，无论他以前如何对你，无论他犯什么错，你都会去原谅，甚至为他找理由。你若不爱一个人，可能对方只说错了一句话，就立刻翻脸分手。

所以，当一个人抓住你的小错而分手，不是因为你的错，而是因为他不爱你。原谅这种事，只和爱的深浅有关。

有多少爱，就有多少原谅。

还有一种卑微是不值得的。例如，你爱的那个人突然不联系你了，你要告诉自己：这很正常；又或者那个人突然又联系你了，你也要告诉自己：这很正常，这什么也不说明，和爱不爱没多少关系。遇到这样的人，你大可不必去卑微自己。

从现在开始，聪明一点，不要问别人想不想你、爱不爱你。若是想你或者爱你自然会对你说，但是从你的嘴里问出来，别人会很骄傲和不在乎你。

不要过分在意一些人，过分在乎一些事，顺其自然，以最佳的心态面对。这个世界就是这样：往往在最在乎的事物面前，我们最没有价值。

我们一直觉得妥协一些、将就一些、容忍一些可以得到幸福，但你的底线放得越低，你得到的可能是更低的结果——更卑微的自己和爱情。

不要总抱怨自己遇到的人都不靠谱，如果别人总这么对你，那么一定是你教会了别人用这样的方式对你。

爱是平等的，可以付出更多，也可以爱他更多，但决不是妥协、将就、容忍。

人是有弱点的，很多时候，他最大的弱点，就是他最在乎的东西。

爱得越深，伤得也就越深。正因为太在乎，才会害怕失去，才有了装在套子里的人，有近乡情怯，有暗恋，有远远驻足而不敢走近半步。

慢慢地就知道了，太在乎了、太认真了，就会失去。

08 我自己也过得很好，但不代表你不重要

爱着一个人能有多少理由？我觉得他好，便是全部。

动情时分 EMOTIONAL MOMENT ○○○○○○

分手几年后，他始终没有再交女朋友，不过却比以前生活得更加开心了。她每次看见他，他都是谈笑风生的，让她感觉：分开后他似乎更好了。

她又谈过两次恋爱，最后都无疾而终。徘徊了那么久，最后还是回到了他的身边。

她问他："为什么我们分开后，你反而过得更开心啦？"

他说："我对自己说，我会好好过，等你再爱我。"

○○○○○○

你不在，我也过得很好，可是这不代表你不重要。

因为爱过，所以我们不会成为敌人；因为伤过，所以我们不会退回到朋友。

如果，前世的五百次回眸才换来今生的擦肩而过，那想来已经很幸福了。其实，擦肩而过也是一种很深的缘分。可以一秒钟遇到一个人，一分钟认识一个人，一个小时喜欢上一个人，一天时间爱上一个人，但是却要用一辈子去忘记一个人。

当你不爱我的时候，无论过去你是否爱过，还是后来忘了，又或者是从未爱过，当我无法再成为你心里的那个人的时候，你的心便不会记得我。

所以我不会在自己不开心时去打搅你，你那儿绝对不是我此刻应该的去处。我也不会再对你讲一些我的琐事，你无暇更没有兴趣去了解我的生活。即使讲了，你也很快会忘记的。

没有爱，我注定挤不进你的生命。

我更不会在你的面前流眼泪，因为你无法给予我照顾和关心，至多只是一点儿同情。只有爱我的人，才会真正地去珍惜我，而不是旁观的同情和怜悯。

当你不爱我的时候，我的爱就成了你的负担。我不会再去计算自己的付出，也不再希望有什么回报。我用心，你无心，爱着不爱自己的人，本身便是没有回报的。不再去计较对与错，这样会快乐些。

我当然也不会失去自信，因为爱一个人，并非你优秀，而只是一种感觉。你让我有这样的感觉，于是我爱你。同样，你不爱我，也并非我不优秀。优秀，不是爱的理由。还有那么多爱自己的人，淡淡地微笑一下，也是一样美好。

当你不爱我的时候，我依旧会祝福她。有了爱，便不该有恨，因为曾经有爱，有爱的日子里是快乐的，有缘在一起也是快乐。

你选择离开我，你失去的是一个爱你的人，而我失去了一个不爱我的人，却得到了一个重新生活、重新去爱的机会。

离开你，我学会了深深呼吸，我知道，一生的路上，铺满了爱的花蕾，总有那么一朵属于我。花儿虽多，却没有重复的一朵，这是生生世世早已经注定的。

当你不爱我的时候，就是我从你生活中消失的时候，第一时间离开你，骄傲地过属于自己的生活。同时，我也希望你能幸福快乐，找到属于你的未来。

轻轻拥抱一下回忆里的温暖，轻柔地凝视凋谢的温柔。也许若干年后的某个午后，阳光下的她眯起双眼，会记起某个美好的瞬间，会心一笑，种种怀念，值了。

爱不一定要永远。曾经拥有的也许会是我一生最美好的回忆。爱过知情重，醉过知酒浓。关于爱的记忆，我会好好收藏，只是今后的幸福，要各自去寻找。

爱是一种感觉，不爱也是一种感觉，而往往难以抉择的是心中的感觉到底是爱还是不爱。原来握在手里的，不一定就是我真正拥有的；我所拥有的，也不一定就是我真正铭刻在心的。

人生很多时候需要自觉地放弃，因为拥有的时候，我们也许正在失去，而放弃的时候，我们也许又在重新获得，所以我放弃了对你的期待。

明白的人懂得放弃，真情的人懂得牺牲，幸福的人懂得超脱。对不爱自己的人，最需要的是理解、放弃和祝福。过多的自作多情是在乞求对方的施舍。

爱与被爱，都是让人幸福的事情，不要让这些变成痛苦。既然我们已经经历了，多年以后，偶尔想起，希望都是美好的回忆。活得自信些、开心些，把最美的微笑留给伤我最深也最得我心的人。

○○○○○○

有一次，我们梦见大家都是不相识的。我们醒了，却知道我们原是相亲相爱的。有一天，我们梦见我们相亲相爱了，我醒了，才知道我们早已经是陌路。

——泰戈尔《飞鸟集》

| SIX |

为了遇见你，
竟花光了
我所有的好运气

○○○○○○

我觉得这个世界美好无比。晴时满树花开，雨天一湖涟漪，阳光席卷城市，微风穿越指间。入夜，每个电台播放的情歌，沿途每条山路铺开的影子，全部是你不经意间写的一字一句，留我年复一年地朗读。这世界是你的遗嘱，而我是唯一的遗物。

01 恐怕我遇见你的意义，就是为了和你告别

我一生中最幸运的两件事：一件是时间终于将我对你的爱消耗殆尽；一件是很久很久以前有一天，我遇见你。

动情时分 EMOTIONAL MOMENT ○○○○○○

一位身患绝症的男孩儿和他的女友的故事感动了大报社的一位记者。

记者采访他们后，准备给这对痴情的恋人拍照。谁料，这男孩儿立刻拒绝了：“还是不要照的好。”

“为什么？”记者不解地问。

“因为她以后还要嫁人呢！”男孩儿温柔地说。

记者放下相机，动容。

○○○○○○

你很近，就在我的文字里；你很远，隔着千山万水的思念，终将无法走近。

尽管，回忆有时美好，有时不堪，还是要感谢时光里些微的好，感谢你给的一切，冷的暖的、悲的喜的……

只是，我们还是陌生了，终于在时光中陌生了。

细数旧时光里遗失的美好碎片，把安好写在初见里。以前的时光不会再延续下去了，那些刻骨铭心的记忆，让心如此疼痛。

物是人非，渐行渐远。那时的暖，今时的寒，岁月终不肯饶恕，扯着隐隐作痛的回忆，而我的守望，依旧是你的样子。那些绰约的往事，无法挽留的，无法舍弃的，都一直徘徊在生命里。

也许是恋旧，总以为还未远离，一直在骗自己。

站在春的开始，回望那一程远去的风景，不敢再去回想那些关于你的画面，害怕睹物思人，害怕再去触碰仅剩的那点暖和自以为是的纪念。可疏离了彼此许久，终究还是难逃微苦的味道。

一场相遇，静默地收场，夕阳陌路，心悠悠在原地徘徊，不再强求和祈求什么，只愿花开无语、安静绽放。

无论以何种姿态想念，心底的某处都是疼的。或许这个冬季并不太冷，可没有了联系、没有了问候、没有了祝福、没有了你的世界，终究还是让人经不起一个接一个的寒战。

一别后不再相逢的痛是无法消退的，甚至没有挥手再见，一切就这么远了。

我们，终于在时光中陌生了……

遇见你，然后我们就喜欢上了彼此，这种类似于奇迹的事情，似乎天天在上演。我想，自己终于遇到了那个对的人了，可不久之后，我们就分道扬镳了。

曾经，我们去了很多地方，看了很多风景，我们遇到了很多人，我们拍了很多照片，我们以为我们有的是时间在一起，所以尽情地挥霍；以为有的是时间去怀念，所以拼命地保存纪念品。可是，我怎么也没想到，你独自一个人行色匆匆地走了，仅留我一个照看过往。

现在的我，好像已经不会经常想起你了。因为我知道，回忆越美就越伤人。以前总是身在福中不知福，等到错过了，就来不及了。

现在想想你当时决定要离开我的神情，其实你的演技真的很差，你根本就没有表现出来你说的那么轻松。

说来也奇怪，如果是别人对我说出这种话，我一定恨死他了，我一定会说“不要找借口，你就是不爱了”，可是你说的时候，偏偏你说的话我都信了。

也因为是你，你知道我会有什么样的反应，所以隔了几天你还发短信来说：要多喝水、早点睡觉，要爱自己、按时吃饭……一下子说了很多事情，每件事情都是有关于我要好好照顾自己，像我们还在一起一样。

我藏起所有的感动，只因为我们注定了要在这个星球上别离。可正是因为有你，这个星球才是独一无二的。所以我一言不发，恭候你的远离。

我知道，总有一天，我无比坚持的东西，会变成不重要的，比如记忆和记忆里的你。

我不知道忘记你是哪一天，就像我不知道我如果没有遇见你，会是另一个怎样的世界。

如果没有那些回忆，我为什么会这么执着于旅行，为什么会穿过几个城市去看你的样子，为什么走路的姿势变成了现在这个样子，为什么学会做饭、能很好地照顾自己了呢?

所以，我变成了现在这个样子，都是因为你。但是感谢你，让我变成了现在这个样子。

现在想起你，我不会那么难过了，我可以很好地接受我们不会在一起这个事实了。

如果说我遇到你变得更好了的话，那么我想，把这样的自己保留下来，努力地迎接接下来的每一天。

说不定我来这座城市，是为了遇见你，而我遇见你的意义，只是与你告别。

02 为了遇见你，竟花光了我所有的好运气

爱情不过是一种运气，幸运的人在青春时节的一开始就遇到了；运气差那么一点儿的，跌跌撞撞几次也能遇到；运气不好的，也许一辈子都遇不到。

动情时分 EMOTIONAL MOMENT

那时，我和他还在一起。

那年冬天很冷，我抱着他说："和你在一起，我什么都不怕！"

他抚摸着我的头发温柔地说："可是和你在一起，我什么都怕。"

我很生气、很难过地推开他问："为什么？"

他温柔地笑着说："傻瓜，和你在一起，怕你会生病还偷偷吃糖啊！怕你会不开心啊！怕给不了你要的生活啊……"

有时候我又觉得，我只是爱上了自己回忆中的那个你，而不是现在这个活灵活现的你。

尽管后来你消失得无影无踪，可我还是一如既往地想念着你，想念你温暖的怀抱和温柔的笑。如果有一天我不再爱你了，我想我就不会再在记忆里沉浮。

可是如果没有遇见你，没有深深地爱着你，我这一生，又该是怎样的荒芜和孤独？没有一个可以痴爱的人，又是多么可悲的一件事情啊！

然而生活不可设定，没有轨道，没有固定的路段。我掏空了所有的幻想、少女情怀、撒娇、赖皮、耍宝，在我还不懂爱的青涩时光，我花光了所有力气去爱一个人，学习尝试怎样付出。

高高在上的我，变成低到尘埃里的一粒沙子。

三毛曾说过，有时候，我们要对自己残忍一点儿，不能纵容自己伤心。有时候，我们要对自己深爱的人残忍一点儿，将对他们的爱、责任、记忆搁置。

正如回忆里的人是不能去见的，去见了，回忆就没了。

只是自从遇见你，其他人就都成了将就。我想我再也遇不到像你对我这么好的人了。

曾相知相守的两个人，怎么都不会想到，有一天再也找不到对方。即便心里记得，偶尔还会梦到，但终究手边挽着的不是梦里的那个人。

说好一辈子，少一年、一个月、一天、一个时辰，都算不得一辈子。那，不如相忘于江湖。

03 我希望早点儿遇到你，而你晚点儿爱上别人

孤独一人也没关系，只要能发自内心地爱着一个人，人生就会有救，哪怕不能和他生活在一起。

动情时分 EMOTIONAL MOMENT ○○○○○○

那时候，她很天真，有一个疼爱她的男朋友，笑起来很灿烂，安静时也很优雅。

他是不小心爱上她的，类似一见钟情。

长久以来，他只是静静地关注着她，看到她的笑从天真变得勉强，看到她的脚步从优雅变得慌张。

直到有一天，他看到她在街头的一角抽泣。

他像个老朋友一样走了过去，问道："你怎么啦？"

而她竟然也不觉得他陌生："和男朋友分手了。对了，谢谢你关注我这么多年，我其实一直都知道你。"

他惊讶得不知所措，而她慢慢走开了，消失在人海里。

○○○○○○

当我爱你的时候，你是一切，因为你生活才会温暖、才会快乐，你的一举一动都会在眼里，是那样的潇洒。

而如今我已经不会再去爱你，忘记你，从现在起不再想你，要把对你的爱全部埋葬，连同所有的忧伤一起抛弃。

走出心的阴影，走出情织的网，走出无望的等待。不管前面的路有多难走，都要走出去。虽然，曾用心地爱着你。

对不起，我不再爱你了，不会傻乎乎地强忍睡意，只为等你回一句晚安。

对不起，我不再爱你了，不会看着通讯录里你的名字，而不停地挣扎是否可以给你传送一条祝福的信息，不会再因为你跟谁走在一起而肆意揣测，折磨自己的身心。

爱情从希望开始，由绝望结束。死心了，便是不再存在任何我曾经对你有过的希望。

不会再因为你而去关注那本就不属于我的信息；不会再去强调你的好、你的坏；不会再因为收到你的信息，而放下身边所有的事，只为了能第一时间回复你。

我以为我会一直顺着你，喜欢你喜欢的，讨厌你讨厌的，在你的每个决定背后支持得毫无道理；我也以为我会一直相信你，记得你的善良伟大，忘记那些伤害和争吵，为每一个无心之过找千百个借口……

可后来，那个无原则、没底线，不管不顾的时代还是过去了。

原来，爱情里的人都有一个通病：以为失去了自己就能无限接近那个人。

流泪的眼已干，滴血的心已止，对不起，我不再爱你了，你在谁的身边停留或者消失，都已经与我无关。

我不去在乎，视而不见，已没有了期待与逃避的心理。当我再提起你，没有了澎湃的爱意或落寞的情绪，交织的不再是情感而仅止于回忆。

当心死掉的时候，会发现原来爱情以外的事物会更加美好，不再刻意地在乎你，去想你最近怎样，去想你是否幸福。当不再爱的时候，会发现自己能够解脱，看淡爱情的存在，会感觉到没有什么困难不可以逾越。

如果有一天，你的记忆中没有了我，不要忘记我们在一起的每一分每一秒；不要忘记我喜欢什么、讨厌什么；觉得什么是幸福、什么是痛苦。而我无论如何都不会忘记任何一个关于你的记忆的片断，你习惯什么、反感什么。

感情世界里，没有“公平”两个字，我不会计较这些，我们在一起的那个月，会是我这辈子里最美丽的回忆。

如果有一天，你的生命中不再有我，一定不可以记得我的存在、我的痕迹，因为我害怕你会失落、会难过、会想我。这一切不是因为你喜欢我、爱我，而是习惯了我每天的电话、每天的留言，我的胡搅蛮缠、我对你的依赖。

虽然我是一个喜欢嫉妒、脾气很大、霸道、更加不能容忍我喜欢的人爱着别人的人，但是我依然希望你过得比我好，希望看到你幸福地过着每一天。

如果有一天，你的前世和今生都不再有我，当原本就不太坚强的我面对这一刻的时候，我不清楚我会怎么样。而你依旧是你，你会看到我躲在角落里的苦恼懊悔吗？会感觉到我无时无刻不陪伴在你的身边吗？

尽管你叹气的时候我不会再去安慰你，难过的时候不会再陪你一起难过，心碎时不会再去陪你一起心碎……

尽管我曾经做过的一切，你都未曾察觉到，未曾看到……

尽管你的记忆、你的生命、你的世界都不会有我了，而我也更加清楚地知道这一切的时候，我唯一的希望是你不要有一点点的难过、一点点的失落，也不要再有一点点的想我，不要再保留一点点的关于我的记忆。我唯一的希望是，你在你的世界里，好好的。

如果还有下辈子，我希望能够早一点儿遇到你，而你能晚一点儿爱上别人。

04 如果相逢不是为了停留，那又何必相逢

爱，从来就是一件千回百转的事。不曾被离弃，不曾受伤害，怎懂得爱人？爱，原来是一种经历。

动情时分 EMOTIONAL MOMENT ○○○○○○

他和她上学的时候没有在一起，但彼此都喜欢对方，可能怕在一起太早会分开吧。

毕业后，好不容易突破各自内心的挣扎，选择在一起。

但好景不长，他觉得自己都养不活自己，认为给不了她想要的生活，与其浪费时间在一起，不如让她去寻找更好的幸福。

但他忽略了，她当初决定在一起，已经做好吃苦的打算。

他们就这样，因为一个莫须有的原因，各自天涯。

○○○○○○

有人问：分离的时候，到底是离开的那个人比较痛苦，还是留下来的那个人比较痛苦?

应该说，爱得更深的那个人比较痛苦。

我们曾经爱得那么深，我以为这一次分离，就像一对恋人中的一个要独自出门，这种短暂的分离，必然是留下来的那个比离开的那个痛苦。

先走的那个人，忙着游玩或忙着工作，多姿多彩，留下来的那个人，却要独自面对孤独。那一刻，我才知道，原来自己多么思念你。

抛弃别人总比被人抛弃好过一点儿，所谓离别，总是一个走一个留下，走的那个当然比不上留下的那个痛苦。年深日久，留下来的那个发现自己原来可以忘记离开的那个人，那么他就不再痛苦；偏偏离开的那个发现自己仍然爱着从前那个人。

那一刻我才知道，原来自己才是留下来的那个人。

我走后，你写给我的信总是充满悲伤、带着泪痕，你说你再也见不到我的身影时，才想起我已经走了。望着曾经熟悉的地方，你总是难过得想哭，盼着我会像从前一样，奇迹般从哪里蹦出来，然后做个鬼脸，或者用夸张的声调喊你，对你说“我回来了”。

虽然我没有再回去，可我也未曾离开过你。我只是装作谈笑风生地面对，举起酒杯时却发现腕上戴着你送的手表。

爱过就忘不了，你不会不明了，离开了又怎样？一辈子在逃……

我没有很刻意地去想念你，因为我知道，遇到了就应该感恩，路过了就需要释怀。

我只是在很多很多的小瞬间，想起你。比如一部电影、一首歌、一句歌词、一条马路和无数个闭上眼睛的瞬间。

我们说再联系，却是再没联系；我们说没关系，却是再没关系。

时间打败时间，爱情打败爱情，输给的不是别人，都是自己。

在感情上要尽量得体，这是你教我的做人道理。你说，若是喜欢一个人，而那个人不喜欢你，就不要死缠烂打，也不用骂他没眼光，鞠躬离场，微笑道别。

你还说：“但凡被抛弃的人，走得那么得体，另一个人将来一定会想念他。所以一旦你爱的人变了心，你为自己争回一口气的唯一方法，就是跟他合作，立刻离开他，千万别让他看到你伤心。所谓得体，就是有许多话不必说尽，有许多事不必做尽。”

从来自己都是最放不下的那个，却要装作比谁都冷酷无情。我还是做不到鞠躬离场、微笑道别。

凡事做到得体，似乎是最难的。得体就是要大家都开心，要自己开心并不难，要别人也开心却一点儿也不容易。委屈自己来成全别人，这太伟大了。占尽别人便宜，这又太过分。

你开心，我也开心，这才得体，可是这是要与你离别！怎么做，都是不得体的。

当有些事、有些人你已无力挽回时，再留下去只会剩下怨恨与尴尬。正所谓“有幸相遇，无缘分手。曾经相遇，总胜过从未碰头”。

所以我要感谢伤害了我的你，因为没有你的伤害，我就不会珍惜现在我身边爱我的人。

当时间过去，我们忘了曾经义无反顾地爱过一个人，忘了对方的温柔，忘了对方为自己做的一切。

我对你再没有感觉，我不再爱你了，为什么会这样？原来我们的爱情败给了岁月。

但愿我们离别之后，莫道佳人长与短，山水不相逢。

05 ╱ 谢谢你让我爱过你

想要忘记一段感情，方法永远只有一个：时间和新欢。要是时间和新欢也不能让你忘记一段感情，原因只有一个：时间不够长，新欢不够好。

动情时分 EMOTIONAL MOMENT ○○○○○○

他和她是朋友们心目中的绝配，他们那时候爱得很深。

多年以后，她已嫁，他将娶。同学聚会上，大家对他们的分开无不唏嘘，对着他感慨当初两个人爱得轰轰烈烈，如今却败给了现实。

朋友问他："难道你就这么忘了当年？"

他淡淡地笑，轻声说道："爱是永世不能忘记的，但却是可以放下的。"

○○○○○○

时间总是不经意间从我们指间流逝。我们能抓住的唯有记忆，包括伤悲的、美好的过往。青春总需要一些疼痛让我们刻骨铭心，总需要一些伤疤证明我们年少过。

于记忆中走了很久，你的样子还是如此清晰，可是我的心为什么还是会隐隐作痛？原来曾经的你占据了我整个青春；曾经的岁月已悠然遁去，也带走了属于我们的曾经。

时间是世上最无情的东西，因为它会慢慢地扼杀一切，即使是那天荒地老的海誓山盟。同时，它又是世上最好的疗伤药，总有一天它会抚平所有的创伤。

念及过往，那片片白帆飘远的海上，是谁踏浪而来？薄薄的记忆，被谁说穿？是我跟不上你的脚步，还是你不曾关注过我？所以你走得那么干脆，丝毫没有一点儿留恋。

真的不知道是谁撞破了我的梦，依然是那么令人无法自拔，只能惆怅地坐在夜里，不经意间已泪流满面。

去午夜走走。午夜的街头，寥落的心情，末班车早已开走，深宵的风里，那是谁在哭泣？谁说过在那盏灯下等我，吻干我眼里的泪痕？

黄昏的灯光照着我的影子，我伤心地背着手，走在寂寞的风口。偌大的城市，空荡荡的只剩下寒冷的风，小巴的低音偶尔掠过我的心，在拥紧的疼痛里，感觉不到一丝的温暖。

自以为已经长大、已经无畏，自以为走再难的路也无怨无悔，却不承想到此刻竟是如此脆弱不堪。

我一直是一个不善等待和挽留的人，所以你走的时候，我也只能将爱恋锁在眉目之间，只是你未曾注意到。有谁挽留那些花朵，听任淡淡的香、揪心的痛?

撕碎的心情，蝴蝶慌乱飞散，我早已看不清自己。在那惆怅的风中，谁和谁的喃语零落，只有影子与我相守。

紧握双手，是谁在我的心碑刻上你的名字，犹如刻骨铭心的仇恨，每次想起，总要战栗。痛醒在这黑夜，月色如水，我忍着内心的呼唤，一直不敢叫一声。

是雨是泪，凄然如泥，爱在这条孤楚酸痛的路中流浪。从此，我总是带着难言的心情走在雨中，总是对着灰色的雨天情有独钟，我是一片被你的背影湮没得无法呼吸的树叶，轻轻地落着……

到底是什么让你放开我的手，那么坚决？你要好好走，好好抹去我，好好去爱别人，如今，我只能叫你别人的女孩。

终有一天，你有你的幸福，我也有我的归宿，只是给你幸福的人不是我。我不会恨你，你有你的选择，要怪就怪这世事难料。

是青春的底蕴本就是孤独的，抑或是孤独弥漫了整个青春，所以我们都为青春和爱情痛苦着？

谢谢你，曾在我生命中出现过。也谢谢你，让我爱过。

06 不忍与你告别，又怕错过与你告别

每一次告别，最好用力一点儿。多说一句，可能是最后一句。多看一眼，可能是最后一眼。

动情时分 EMOTIONAL MOMENT ○○○○○○

女孩儿曾经很喜欢一个男孩儿，而当时的男孩儿正追求另一个女孩儿。

女孩儿用心地关心着他，愿意为他做一切，她以为总有一天总会感动男孩儿，然后某一天，男孩儿会对她说："我喜欢你！"

可经过了很久，男孩儿总是提起他追求的女孩儿是如何美好、是如何懂他……

直到有一天，男孩儿兴奋地对女孩儿说："我喜欢的那个女孩子答应做我女朋友了，而你是我所有朋友中第一个知道的。"

女孩儿强忍着眼泪，淡淡地说："恭喜你呀！"

徘徊在季节的边缘，却望不断隔世的阑珊。
无论岁月淹没了多少悲欢，那些埋在时光里的执念，
还在呢喃着一段不曾褪色的流年。

我们曾如此企盼外界的认可，到最后才知道，
世界是自己的，与他人毫无关系。

○○○○○○

我一直在怀念那个春天，那时阳光把它的热情倾洒在那高高的山冈上，我就在那芬芳的花朵里去读你。

几只俏丽的蝶儿在花丛中翩翩飞舞，如你的发辫在我眼前晃动着美丽的弧线。我想，那美丽的蝴蝶一定是你发梢的情思，在我的心灵里一遍遍地飘动。

我不知道我应该是感念那次偶遇，还是应该感念那个春天，自从那天遇见了你，我的日子里便阳光四溢，我的青春从此茁壮而富有情趣，我的心灵便阳刚而富有柔情。

还记得那棵杨柳吗？我们就是在它青青的柳丝中相遇的，那时，你扎两条大辫子，乌黑的，在背后甩着，不知道后面拴住了多少双艳羡的目光啊！

回想那次相遇，爱的旋律被夜风吹得到处都是。

许久以来，我都渴望能够拥有一段美丽，我至今清晰地记得与你邂逅的那一瞬。你的眼瞳如水，就那么一眨，就让我把心整个地交给了你。

你的情感如泓，就那么一闪，就让我如鱼儿般彻底坠入了你的心湖，只在春天的风里留下了一串甜蜜的音符。而你那温暖的呓语，如水一样轻轻地抚摸着我暗涌的激情，让我走不出春天的怀中。

那时，我多想如风一样去轻轻抚摸你的长发，让你丝质般的发丝滑过我的面颊，然后，我揽你在臂，走过春潮萌动的夜色，去听虫儿唱歌。

我轻轻地闭上眼睛，你嘤嘤的声音在我的耳畔回旋，我便在心的底版上刻下一只飞翔的翠鸟，让它在我的心头夜夜吟唱。

·

与你别后，我知道了想一个人的滋味好甜也好苦。想你的时候，我在梦里让灵魂倾巢而出，在你到过的每一个角落去寻你的芳影。而你就会如一只流动的飞萤，在我目光触击的黑暗里闪亮。

你在我的视线里飞动，我满是期待的心情落满了幸福的回忆。

想念你的时刻，我会把心窗打开，让整个春天的诗意走进来，我好在那爬满蔷薇的藤架下，将你的每一个眼神，每一个动作谱进彩色的音符，让那朦胧的情愫在琴弦上跳动。

那时，你会如一只美丽的蝴蝶，藏在我的乐章里抖动起思念的翅膀，让我深情地思想。

已经很久没有你的消息了，不知道你是把我当成一页日历轻轻地撕掉了，还是你那湖水里已经不再融化我的情感，或者是那青青的水草已经不再有一条鱼儿游荡。

夜莺唱歌的时候，我听到巷子里有人归来，我走出门外张望。

午夜，天上的月亮在慢慢地走着，几颗疏落的星星晃动着疲惫的眼神，所有的村舍银亮地躺在几声犬吠里酣眠。一会儿，不知道是谁家的门吱扭地响了，然后便是瑟瑟的脚步声，近了，又远了。

而我，在月光涌动的湖畔，思念着你。

没有你的消息时，我不知道应不应该将你渐渐忘去，因为我知道有些事情只是一段偶遇，是不可以当真的。但是，我可以将日子忘掉，却无法把这思念抛弃。

我清晰地知道，虽说我们只是一次偶遇，而它已经在我的心底珍藏了一份礼物。

这就注定了，我以后的思念会是一章行吟不尽的老歌，歌中，你会把我的梦连同情感一起带走，用你阳光温暖过的思念来安慰一颗枯瘦的心灵，用你天籁浸渍过的声音来润湿一片干涸的心田。

当疼痛的事情成为过往，最后我想明白了，既然我们无缘在这温暖的世界相拥，那么还是让我在一遍遍的怀念中与你相守天涯吧，让你轻灵的身影从我眼前跃过，温习我们的相遇。

07 注定与我再无交集的人，却带走了我全部的想念

过程和结局都有了，再去纠缠，连自己都觉得贪婪。

动情时分 EMOTIONAL MOMENT ○○○○○○

她和他恋爱了。

彼此相隔两地，她经常给他打电话。

有一次，她给他打了电话，是一个陌生女人接的。

那个女人说："我是他的女朋友。"

她说："我是他妹，嫂子……再见。"

然后他知道了那个对他死缠烂打的女人擅自接了他的电话。

他把手机狠狠地摔碎，她的心里从此留了一道疤。

○○○○○○

想念，在时光中穿梭，一丝丝地把心抽紧……原来，想念是糖，甜而忧伤。

想你，如嗅玫瑰，让人心旷神怡；想你，如闻箫声，让人怦然心动；想你，如听仙音，让人醉生梦死；想你，如品香茗，让人舒心畅意。

爱一个人，就难免为他受苦。爱你的亲人或恋人也如是。牵挂是苦，思念是苦，失望和伤心是苦，得不到是苦，无法相守是苦，生离死别也是苦。

然而有一天你会发现，那个人给了你许多痛苦，却也是你的救赎、你的缘分。

茫茫人海，红尘之间，我们能相遇，如此温馨，如此甜蜜，真的是天意。从相识到相知，再到各守天涯，生活中的点点滴滴，无一不在我的心中荡起，或惬意，或忧伤，都是缘分。

想你，念你，是我特有权利。聚也依依，散也依依。莹莹泪滴，呼之即出，喜极而泣，是思念，是挂牵，是心乱，还是不舍？心中想你，虽苦亦甜。

重温你的话语，深深地印在我的脑海里，每一次呼吸均是因为想你。透过遥远的距离，透过凉凉的秋意，透过淡淡的相思，静静地想你。

曾经的分分秒秒，都被我细致地框进记忆里，是如此的精彩与甜蜜，似五弦琴上跳动的音符，是和风下的春暖花开，那样的美丽。似美酒，酣畅淋漓；如清茶，清香怡人。

无数个日日夜夜，我独处幽室，细听你的心曲，软语叮咛，可以漫过西湖的长堤，在柳丝的柔情下缓缓驶入心里。

告别白日的喧嚣，尘埃落定。在夜里，我好好地想你，轻轻地想你；在心里，隔着暗夜的呼吸，越来越清晰。想念拉近了彼此的距离，此时，仿佛感觉到你因心跳而急促的呼吸。

我们的心灵在幻觉中萌动着，那是情的呼唤，那是爱的执着，那是心灵相通，那是情意相融。

红尘有梦，梦中我涉过了钱塘江水，攀过重重山峦，在春暖花开的日子里，来到你的面前。你明亮如水的多情眸子，透着点儿温馨，透着点儿任性，让我心动不已。多么想，在花海深处，就这样轻拥你入眠，不再醒来。

站在心灵的路口静静地等你，等你轻轻地收拢羽翼，栖落在我的心灵树上。

请不要让我等成一幅没有诗情画意的蓝图，一首没有深邃意境的诗歌，一支没有甜美旋律的乐曲。

没有你的日子里，我的想象失去了灵感，我的心灵失去了皈依，就好像鲜花离开了阳光，暗无光泽；游鱼离开了水滴，生命窒息。

我孤独一人，斟一壶浊酒，痴痴地酣饮，醉卧成化的模样，舒展心扉，恍然间看见你舞动的优美的身姿，可是，蒙眬中最后还是模糊了你的影子……

我没有办法洒脱地把你当成生命中的一个过客，让你从此在我的生命里消失。

曾经全心编织的爱是没有结果的爱，所以只能远远地看着、静静地想着、默默地爱着。

我弄不明白，我为什么会这样执着地去想念这样一个只能相爱却无法相守的你？明明知道这一开始就是个无法挽救的错误，却又不可抑制地越陷越深，不能自拔。

为什么会愿意为一个不能相守在一起的人碰得头破血流？难道爱一个人本身就是件让人喜忧参半的事情？

沉默了很久，依旧不知道该如何选择，不知道如何停止对你的思念。

可是，你已经走远了，为什么，还要带走我所有的思念？

08 我爱你，爱了整整一个曾经

时间可以治愈一颗受伤的心，同时也可以撕裂一颗等待的心。

动情时分 EMOTIONAL MOMENT ○○○○○○

她最终还是坚持要和他分开。

她常说他很木讷，好听的话不会说；她常说他很幼稚，随时都在傻笑着。

坚持了一段时间之后，她再也看不到他对着自己傻傻地笑了。

她有一次无意间打开了他的微博，才发现，他细腻的爱语，已写了六十六页了，而她却全然不知。

她这才想起，她和他，在一起的点点滴滴是那么甜蜜。

原来，他曾经是那么疯狂地爱着她，而她却没好好珍惜……

○○○○○○

总要等到过了很久，总要等到退无可退，才知道我们曾经亲手舍弃的东西在后来的日子里再也遇不到了。

再见了，我那么爱你！虽然笨拙，但也努力做了好多，所以我不遗憾了。

现在，我把我的爱情还给你，你把我仅有的一点点骄傲还给我好不好？

我还是会相信爱情，只是不会再相信爱情能够久远。你突然提醒我，我们相识的时间能够以年来计算了，你找到了你爱的，而我还在原地徘徊着。

我们再也不会像以前那样，以为彼此不可替代；我们再也不会像以前那样用力地爱，直到哭了出来。终有一天，我不再思念你，因为，爱离开得太久了，我习惯了疼，就像伤口已经结了疤。

一直固执地以为无论面对什么事情，我都能够坦然地微笑。可是，终于在你转身离去的那一刹那，我泪如泉涌，不可抑制。这是过往的幸福嘲笑着心中的疼痛，原来世界上最痛的痛是离开。

最浪漫的情话是当那个已经和你分手的情人打电话来问“你好吗”。你稀松平常地回答“我很好”。而其实你还爱着他，你一点儿都不好。

当看破一切的时候才知道，原来失去比拥有更踏实。有一个人教会你怎样去爱，但是他却不爱你了。与其到处找借口，不如直接说一句“我不爱了”。

忘记那个人，不如忘记自己，告诉自己：不是怕他忘记，而是怕他有一天重新把你想起来。

岁月能带走记忆，但回忆却越来越清晰。真的有一天，你回过头来告诉我，你一直惦记着我，我已经不想相信。因为，你已经不是原来的你，而我，再也不是过去的我。

因为，等待太久得来的东西，早已不是原来的模样。

你给了我一个伤口，痛了我整整一个曾经。

我忘不掉你第一次牵我的手、吻我的脸、说爱我时的深情。

我更忘不了我的幼稚给你惹了好多麻烦，你总是一一替我解决、替我扛下。

你说过，你可以为我背叛全世界，你说过会照顾我一辈子，永远不离不弃，包容我的任性，不在乎我的坏脾气，我傻傻地相信了，相信你就是我的唯一。

可是，你都忘了吗?

我一直都忘了告诉你，我的梦里总是有你。只是，那过去了，曾经也只是曾经，我当然都明白。

我心里一直有你，只是比例变了而已。现在终于要到了分别的时候，你比我先走，我反而觉得有些欣慰。这样的悲伤迟早会让我们其中一个人单独体会，那就让我来承担好了。

没有什么忘不了的，总会在以后的日子忘了你，先忘了你的样子，再忘了你的声音，忘了你说过的话，现在不行，以后也可以。

似乎等待了一百年，突然明白：即使再见面，成熟地表演，不如不见。

亲爱的，我爱过你，爱了整整一个曾经；亲爱的，对不起，我该忘记你了。

我相信你在动情时所说的话都是真的，许下的承诺也是真的，一腔热血也是真的。至于谁辜负了谁，都是后来的事情，谁又能提前预支呢?

不能因为结局不完美，就否定了所有开始。毕竟人生中

图书在版编目（CIP）数据

如果我能不爱你，那该多好 / 夏林溪著. — 北京：现代出版社，2016.4（2019.1 重印）
ISBN 978-7-5143-4395-3

Ⅰ. ①如… Ⅱ. ①夏… Ⅲ. ①散文集－中国－当代 Ⅳ. ①I267

中国版本图书馆 CIP 数据核字（2015）第 308894 号

如果我能不爱你，那该多好

著　　者 夏林溪
责任编辑 赵海燕
出版发行 现代出版社
通讯地址 北京市安定门外安华里 504 号
邮政编码 100011
电　　话 010-64267325　64245264（传真）
网　　址 www.1980xd.com
电子邮箱 xiandai@vip.sina.com
印　　刷 辽宁星海彩色印刷有限公司
开　　本 880×1230　1/32
印　　张 8
版　　次 2016 年 4 月第 1 版　2019 年 1 月第 2 次印刷
书　　号 ISBN 978-7-5143-4395-3
定　　价 39.80 元
